Richard Wagner

Das Judentum in der Musik

Salzwasser

Richard Wagner

Das Judentum in der Musik

1. Auflage | ISBN: 978-3-84605-442-0

Erscheinungsort: Frankfurt, Deutschland

Erscheinungsjahr: 2020

Salzwasser Verlag GmbH

Reprint of the original, first published in 1869.

Das Judenthum in der Musik.

Das

Judenthum in der Musik.

Von

Richard Wagner.

⁘

Leipzig

Verlagsbuchhandlung von J. J. Weber

1869

An

Frau Marie Muchanoff

geborene Gräfin Nesselrode.

Hochverehrte Frau!

Vor Kurzem wurde mir aus einem Gespräche, an welchem Sie theilnahmen, Ihre verwunderungsvolle Frage nach dem Grunde der Ihnen unbegreiflich dünkenden, so ersichtlich auf Herabsetzung ausgehenden Feindseligkeit berichtet, welcher jede meiner künstlerischen Leistungen namentlich in der Tagespresse, nicht nur Deutschlands, sondern auch Frankreichs und selbst Englands, begegne. Hie und da ist mir selbst in dem Referate eines uneingeweihten Neulings der Presse die gleiche Verwunderung aufgestoßen: man glaubte meinen Kunsttheorien etwas zur Unversöhnlichkeit Aufreizendes zusprechen zu müssen, da sonst nicht zu verstehen sei, wie gerade ich so unabläßlich, und bei jeder Gelegenheit, ohne alles Bedenken in die Kategorie des Frivolen, einfach Stümperhaften herabgesetzt, und dieser mir angewiesenen Stellung gemäß behandelt würde.

Es wird aus der folgenden Mittheilung, welche ich als Beantwortung Ihrer Frage mir gestatte, Ihnen nicht nur hierüber ein Licht aufgehen, sondern namentlich werden Sie aus ihr sich auch entnehmen dürfen, warum ich selbst zu dieser Aufklärung mich anlassen muß. Da Sie mit jener Verwunderung nämlich nicht allein stehen, fühle ich die Aufforderung, die nöthige Antwort zugleich auch an viele Andere, und deßhalb öffentlich, zu geben: einem meiner Freunde konnte ich dies aber nicht übertragen, da ich keinen von ihnen in solch unabhängiger und wohlgeschützter Stellung weiß, daß ich ihm die gleiche Feindseligkeit zuzuziehen wagen dürfte, welcher ich nun einmal verfallen bin, und gegen welche ich mich so wenig wehren kann, daß mir in ihrem Betreff nichts Anderes übrig bleibt, als eben nur ihren Grund meinen Freunden genau zu bezeichnen.

Auch ich selbst kann hierzu nicht ohne Beklemmung mich anlassen: jedoch rührt diese nicht von der Furcht vor meinen Feinden her, (denn da hier mir nicht das Mindeste zu hoffen bleibt, habe ich auch Nichts zu fürchten!), sondern vielmehr von der besorglichen Rücksicht auf hingebende, wahrhaft sympathische Freunde, welche das Schicksal mir aus der Stammverwandtschaft desselben national-religiösen Elementes der neueren europäischen Gesellschaft zuführte, dessen unversöhnlichen Haß ich mir durch die Besprechung seiner so schwer vertilgbaren, unsrer Cultur nachtheiligen Eigenthümlichkeiten zugezogen habe. Hiergegen konnte mich aber die Erkenntniß dessen ermuthigen, daß diese seltenen Freunde mit mir auf ganz gleichem Boden stehen, ja, daß sie unter dem Drucke, dem alles mir Gleiche verfallen ist, noch empfindlicher, selbst schmählicher zu leiden haben: denn ich kann meine Darstellung nicht ganz verständlich zu machen hoffen, wenn ich nicht eben auch diesen, alle freie Bewegung lähmenden Druck der herrschenden jüdischen Gesellschaft auf die wahrhaft humane Entwickelung ihrer eigenen Stammverwandten mit der nöthigen Klarheit beleuchte.

Somit sei Ihnen zunächst mit dem Folgenden ein Aufsatz aus meiner Feder mitgetheilt, welchen ich vor nun über achtzehn Jahren veröffentlichte.

Das Judenthum in der Musik.
(1850.)

In der „Neuen Zeitschrift für Musik" kam unlängst ein „hebräischer
Kunstgeschmack" zur Sprache: eine Anfechtung und eine Ver=
theidigung dieses Ausdruckes konnten und durften nicht ausbleiben.
Es dünkt mich nun nicht unwichtig, den hier zu Grunde liegenden,
von der Kritik immer nur noch versteckt oder im Ausbruche einer
gewissen Erregtheit berührten Gegenstand näher zu erörtern. Hierbei
wird es nicht darauf ankommen, etwas Neues zu sagen, sondern
die unbewußte Empfindung, die sich im Volke als innerlichste Ab=
neigung gegen jüdisches Wesen kundgiebt, zu erklären, somit
etwas wirklich Vorhandenes deutlich auszusprechen, keineswegs
aber etwas Unwirkliches durch die Kraft irgendwelcher Einbildung
künstlich beleben zu wollen. Die Kritik verfährt wider ihre Natur,
wenn sie in Angriff oder Vertheidigung etwas Anderes will.

Da wir den Grund der volksthümlichen Abneigung auch
unsrer Zeit gegen jüdisches Wesen uns hier lediglich in Bezug
auf die Kunst, und namentlich die Musik, erklären wollen, haben

wir der Erläuterung derselben Erscheinung auf dem Felde der Religion und Politik gänzlich vorüberzugehen. In der Religion sind uns die Juden längst keine haffenswürbigen Feinde mehr, — Dank allen Denen, welche innerhalb der christlichen Religion selbst den Volkshaß auf sich gezogen haben! In der reinen Politik sind wir mit den Juden nie in wirklichen Conflict gerathen; wir gönnten ihnen selbst die Errichtung eines jerusalemischen Reiches, und hatten in dieser Beziehung eher zu bedauern, daß Herr v. Rothschild zu geistreich war, um sich zum König der Juden zu machen, wogegen er bekanntlich es vorzog: ‚der Jude der Könige‘ zu bleiben. Anders verhält es sich da, wo die Politik zur Frage der Gesellschaft wird: hier hat uns die Sonderstellung der Juden seit ebenso lange als Aufforderung zu menschlicher Gerechtigkeitsübung gegolten, als in uns selbst der Drang nach socialer Befreiung zu deutlicherem Bewußtsein erwachte. Als wir für Emancipation der Juden stritten, waren wir aber doch eigentlich mehr Kämpfer für ein abstractes Princip, als für den concreten Fall: wie all unser Liberalismus ein nicht sehr hellsehendes Geistesspiel war, indem wir für die Freiheit des Volkes uns ergingen ohne Kenntniß dieses Volkes, ja mit Abneigung gegen jede wirkliche Berührung mit ihm, so entsprang auch unser Eifer für die Gleichberechtigung der Juden viel mehr aus der Anregung eines allgemeinen Gedankens, als aus einer realen Sympathie; denn bei allem Reden und Schreiben für Judenemancipation fühlten wir uns bei wirklicher, thätiger Berührung mit Juden von diesen stets unwillkürlich abgestoßen.

Hier treffen wir denn auf den Punkt, der unsrem Vorhaben uns näherbringt: wir haben uns das unwillkürlich Abstoßende, welches die Persönlichkeit und das Wesen der Juden für uns hat, zu erklären, um diese instinctmäßige Abneigung zu rechtfertigen, von welcher wir doch deutlich erkennen, daß sie stärker und überwiegender ist, als unser bewußter Eifer, dieser Abneigung uns zu entledigen. Noch jetzt belügen wir uns in dieser Beziehung nur absichtlich, wenn wir es für verpönt und unsittlich halten zu müssen glauben, unsren natürlichen Widerwillen gegen jüdisches Wesen öffentlich kundzugeben. Erst in neuester Zeit scheinen wir zu der Einsicht zu gelangen, daß es vernünftiger sei, von dem Zwange jener Selbsttäuschung uns frei zu machen, um dafür ganz nüchtern den Gegenstand unsrer gewaltsamen Sympathie zu betrachten, und unsren, trotz aller liberalen Vorspiegelungen bestehenden, Widerwillen gegen ihn uns zum Verständniß zu bringen. Wir gewahren nun zu unsrem Erstaunen, daß wir bei unsrem liberalen Kampfe in der Luft schwebten und mit Wolken fochten, während der schöne Boden der ganz realen Wirklichkeit einen Aneigner fand, den unsre Luftsprünge zwar sehr wohl unterhielten, der uns aber doch für viel zu albern hält, um hierfür uns durch einiges Ablassen von diesem usurpirten realen Boden zu entschädigen. Ganz unvermerkt ist der ‚Gläubiger der Könige‘ zum König der Gläubigen geworden, und wir können nun die Bitte dieses Königs um Emancipirung nicht anders als ungemein naiv finden, da wir vielmehr uns in die Nothwendigkeit versetzt sehen, um Emancipirung von den Juden zu kämpfen. Der Jude ist nach dem gegenwärtigen Stande der Dinge dieser Welt wirklich bereits mehr als emancipirt: er herrscht, und wird so lange herrschen, als das Geld die Macht bleibt, vor welcher all unser Thun und Treiben seine Kraft verliert. Daß das geschichtliche Elend der Juden und die räuberische Roheit der christlich-germanischen Gewalthaber den Söhnen Israels diese Macht selbst in die Hände geführt haben, braucht hier nicht erst erörtert zu werden. Daß aber die Unmöglichkeit, auf Grundlage derjenigen Stufe, auf welche jetzt die Entwickelung der Künste gelangt ist, ohne gänzliche Veränderung dieser Grundlage Natürliches,

Nothwendiges und wahrhaft Schönes weiter zu bilden, den Juden auch den öffentlichen Kunstgeschmack unsrer Zeit zwischen die geschäftigen Finger gebracht hat, davon haben wir die Gründe hier etwas näher zu betrachten. Was den Herren der römischen und mittelalterlichen Welt der leibeigene Mensch in Plack und Jammer gezinst hat, das setzt heut' zu Tage der Jude in Geld um: wer merkt es den unschuldig aussehenden Papierchen an, daß das Blut zahlloser Geschlechter an ihnen klebt? Was die Heroen der Künste dem kunstfeindlichen Dämon zweier unseliger Jahrtausende mit unerhörter, Lust und Leben verzehrender Anstrengung abrangen, setzt heute der Jude in Kunstwaarenwechsel um: wer sieht es den manierlichen Kunststückchen an, daß sie mit dem heiligen Nothschweiße des Genies zweier Jahrtausende geleimt sind? —

Wir haben nicht erst nöthig, die Verjüdung der modernen Kunst zu bestätigen; sie springt in die Augen und bestätigt sich den Sinnen von selbst. Viel zu weit ausholend würden wir auch verfahren müssen, wollten wir aus dem Charakter unsrer Kunstgeschichte selbst diese Erscheinung nachweislich zu erklären unternehmen. Dünkt uns aber das Nothwendigste die Emancipation von dem Drucke des Judenthumes, so müssen wir es vor Allem für wichtig erachten, unsre Kräfte zu diesem Befreiungskampfe zu prüfen. Diese Kräfte gewinnen wir aber nun nicht aus einer abstracten Definition jener Erscheinung selbst, sondern aus dem genauen Bekanntwerden mit der Natur der uns innewohnenden unwillkürlichen Empfindung, die sich uns als instinctmäßiger Widerwille gegen das jüdische Wesen äußert: an ihr, der unbesieglichen, muß es uns, wenn wir sie ganz unumwunden eingestehen, deutlich werden, was wir an jenem Wesen hassen; was wir dann bestimmt kennen, dem können wir die Spitze bieten; ja schon durch seine nackte Aufdeckung dürfen wir hoffen, den

Dämon aus dem Felde zu schlagen, auf dem er sich nur im Schutze eines dämmerigen Halbdunkels zu halten vermag, eines Dunkels, das wir gutmüthigen Humanisten selbst über ihn warfen, um uns seinen Anblick minder widerwärtig zu machen.

Der Jude, der bekanntlich einen Gott ganz für sich hat, fällt uns im gemeinen Leben zunächst durch seine äußere Erscheinung auf, die, gleichviel welcher europäischen Nationalität wir angehören, etwas dieser Nationalität unangenehm Fremdartiges hat: wir wünschen unwillkürlich mit einem so aussehenden Menschen Nichts gemein zu haben. Dies mußte bisher als ein Unglück für den Juden gelten: in neuerer Zeit erkennen wir aber, daß er bei diesem Unglücke sich ganz wohl fühlt; nach seinen Erfolgen darf ihm seine Unterschiedenheit von uns als eine Auszeichnung dünken. Der moralischen Seite in der Wirkung dieses an sich unangenehmen Naturspieles vorübergehend, wollen wir hier nur auf die Kunst bezüglich erwähnen, daß dieses Aeußere uns nie als ein Gegenstand der darstellenden Kunst denkbar sein kann: wenn die bildende Kunst Juden darstellen will, nimmt sie ihre Modelle meist aus der Phantasie, mit weislicher Veredelung oder gänzlicher Hinweglassung alles dessen, was uns im gemeinen Leben die jüdische Erscheinung eben charakterisirt. Nie verirrt sich der Jude aber auf die theatralische Bühne: die Ausnahmen hiervon sind der Zahl und der Besonderheit nach von der Art, daß sie die allgemeine Annahme nur bestätigen. Wir können uns auf der Bühne keinen antiken oder modernen Charakter, sei es ein Held oder ein Liebender, von einem Juden dargestellt denken, ohne unwillkürlich das bis zur Lächerlichkeit Ungeeignete einer solchen Vorstellung zu empfinden.*) Dies ist sehr wichtig: einen

---

*) Hierüber läßt sich nach den neueren Erfahrungen von der Wirksamkeit jüdischer Schauspieler allerdings noch Manches sagen, worauf ich hier im Vorbeigehen nur

Menschen, dessen Erscheinung wir zu künstlerischer Kundgebung, nicht in dieser oder jener Persönlichkeit, sondern allgemeinhin seiner Gattung nach, für unfähig halten müssen, dürfen wir zur künstlerischen Aeußerung seines Wesens überhaupt ebenfalls nicht für befähigt halten.

Ungleich wichtiger, ja entscheidend wichtig ist jedoch die Beachtung der Wirkung auf uns, welche der Jude durch seine Sprache hervorbringt; und namentlich ist dies der wesentliche Anhaltspunkt für die Ergründung des jüdischen Einflusses auf die Musik. — Der Jude spricht die Sprache der Nation, unter welcher er von Geschlecht zu Geschlecht lebt, aber er spricht sie immer als Ausländer. Wie es von hier abliegt, uns mit den Gründen auch dieser Erscheinung zu befassen, dürfen wir ebenso die Anklage der christlichen Civilisation unterlassen, welche den Juden in seiner gewaltsamen Absonderung erhielt, als wir andererseits durch die Berührung der Erfolge dieser Absonderung die Juden auch keinesweges zu bezichtigen im Sinne haben können. Dagegen liegt es uns hier ob, den ästhetischen Charakter dieser Ergebnisse zu beleuchten. — Zunächst muß im Allgemeinen der Umstand, daß der Jude die modernen europäischen Sprachen nur wie erlernte, nicht als angeborene Sprachen redet, ihn von aller Fähigkeit, in ihnen sich seinem Wesen entsprechend, eigenthümlich und selbständig kundzugeben, ausschließen. Eine Sprache, ihr Ausdruck und ihre

---

hindeute. Den Juden ist es seitdem nicht nur gelungen, auch die Schaubühne einzunehmen, sondern selbst dem Dichter seine dramatischen Geschöpfe zu escamotiren; ein berühmter jüdischer „Charakterspieler" stellt nicht mehr die gedichteten Gestalten Shakespeare's, Schiller's u. s. w. dar, sondern substituirt diesen die Geschöpfe seiner eigenen effectvollen und nicht ganz tendenzlosen Auffassung, was dann etwa den Eindruck macht, als ob aus einem Gemälde der Kreuzigung der Heiland ausgeschnitten, und dafür ein demagogischer Jude hineingesteckt sei. Die Fälschung unsrer Kunst ist auf der Bühne bis zur vollendeten Täuschung gelungen, weßhalb denn auch jetzt über Shakespeare und Genossen nur noch in Betreff ihrer bedingungsweisen Verwendbarkeit für die Bühne gesprochen wird.

Fortbildung, ist nicht das Werk Einzelner, sondern einer geschicht-
lichen Gemeinsamkeit: nur wer unbewußt in dieser Gemeinsamkeit
aufgewachsen ist, nimmt auch an ihren Schöpfungen theil. Der
Jude stand aber außerhalb einer solchen Gemeinsamkeit, einsam
mit seinem Jehova in einem zersplitterten, bodenlosen Volksstamme,
welchem alle Entwickelung aus sich versagt bleiben mußte, wie
selbst die eigenthümliche (hebräische) Sprache dieses Stammes ihm
nur als eine todte erhalten ist. In einer fremden Sprache wahrhaft zu dichten, ist nun bisher selbst den größten Genies noch
unmöglich gewesen. Unsere ganze europäische Civilisation und
Kunst ist aber für den Juden eine fremde Sprache geblieben;
denn, wie an der Ausbildung dieser, hat er auch an der Entwickelung jener nicht theilgenommen, sondern kalt, ja feindselig
hat der Unglückliche, Heimatlose ihr höchstens nur zugesehen. In
dieser Sprache, dieser Kunst kann der Jude nur nachsprechen,
nachkünsteln, nicht wirklich redend dichten oder Kunstwerke schaffen.

Im Besonderen widert uns nun aber die rein sinnliche Kundgebung der jüdischen Sprache an. Es hat der Cultur nicht gelingen wollen, die sonderliche Hartnäckigkeit des jüdischen Naturells
in Bezug auf Eigenthümlichkeiten der semitischen Aussprechweise
durch zweitausendjährigen Verkehr mit europäischen Nationen zu
brechen. Als durchaus fremdartig und unangenehm fällt unsrem
Ohre zunächst ein zischender, schrillender, summsender und murksen-
der Lautausdruck der jüdischen Sprechweise auf: eine unsrer
nationalen Sprache gänzlich uneigenthümliche Verwendung und
willkürliche Verdrehung der Worte und der Phrasenconstructionen
giebt diesem Lautausdruck vollends noch den Charakter eines un-
erträglich verwirrten Geplappers, bei dessen Anhörung unsre
Aufmerksamkeit unwillkürlich mehr bei diesem widerlichen Wie,
als bei dem darin enthaltenen Was der jüdischen Rede verweilt. Wie
ausnehmend wichtig dieser Umstand zur Erklärung des Eindruckes

namentlich der Musikwerke moderner Juden auf uns ist, muß vor Allem erkannt und festgehalten werden. Hören wir einen Juden sprechen, so verletzt uns unbewußt aller Mangel rein menschlichen Ausdruckes in seiner Rede: die kalte Gleichgiltigkeit des eigenthümlichen „Gelabbers" in ihr steigert sich bei keiner Veranlassung zur Erregtheit höherer, herzdurchglüheter Leidenschaft. Sehen wir uns dagegen im Gespräch mit einem Juden zu diesem erregteren Ausdrucke gedrängt, so wird er uns stets ausweichen, weil er zur Erwiderung unfähig ist. Nie erregt sich der Jude im gemeinsamen Austausche der Empfindungen mit uns, sondern, uns gegenüber, nur im ganz besonderen egoistischen Interesse seiner Eitelkeit oder seines Vortheils, was solcher Erregtheit, bei dem entstellenden Ausdruck seiner Sprechweise überhaupt, dann immer den Charakter des Lächerlichen giebt, und uns Alles, nur nicht Sympathie, für des Redenden Interesse zu erwecken vermag. Muß es uns schon denkbar erscheinen, daß bei gemeinschaftlichen Anliegenheiten unter einander, und namentlich da, wo in der Familie die rein menschliche Empfindung zum Durchbruche kommt, gewiß auch Juden ihren Gefühlen einen Ausdruck zu geben vermögen, der für sie gegenseitig von entsprechender Wirkung ist, so kann das doch hier nicht in Betrachtung kommen, wo wir den Juden zu vernehmen haben, der im Lebens- und Kunstverkehr geradesweges zu uns spricht.

Macht nun die hier dargethane Eigenschaft seiner Sprechweise den Juden fast unfähig zur künstlerischen Kundgebung seiner Gefühle und Anschauungen durch die Rede, so muß zu solcher Kundgebung durch den Gesang seine Befähigung noch bei weitem weniger möglich sein. Der Gesang ist eben die in höchster Leidenschaft erregte Rede: die Musik ist die Sprache der Leidenschaft. Steigert der Jude seine Sprechweise, in der er sich uns nur mit lächerlich wirkender Leidenschaftlichkeit, nie aber mit ſympathiſch berührender Leidenſchaft zu erkennen geben kann, gar zum Geſang, ſo wird er uns damit geradeswegs unausſtehlich. Alles, was in ſeiner äußeren Erſcheinung und ſeiner Sprache uns abſtoßend berührte, wirkt in ſeinem Geſange auf uns endlich davonjagend, ſo lange wir nicht durch die vollendete Lächerlichkeit dieſer Erſcheinung gefeſſelt werden ſollten. Sehr natürlich geräth im Geſange, als dem lebhafteſten und unwiderleglich wahrſten Ausdrucke des perſönlichen Empfindungsweſens, die für uns widerliche Beſonderheit der jüdiſchen Natur auf ihre Spitze, und auf jedem Gebiete der Kunſt, nur nicht auf demjenigen, deſſen Grundlage der Geſang iſt, ſollten wir, einer natürlichen Annahme gemäß, den Juden je für kunſtbefähigt halten dürfen.

Die ſinnliche Anſchauungsgabe der Juden iſt nie vermögend geweſen, bildende Künſtler aus ihnen hervorgehen zu laſſen: ihr Auge hat ſich von je mit viel praktiſcheren Dingen befaßt, als da Schönheit und geiſtiger Gehalt der förmlichen Erſcheinungswelt ſind. Von einem jüdiſchen Architekten oder Bildhauer kennen wir in unſren Zeiten, meines Wiſſens, Nichts: ob neuere Maler jüdiſcher Abkunft in ihrer Kunſt wirklich geſchaffen haben, muß ich Kennern von Fach zur Beurtheilung überlaſſen; ſehr vermuthlich dürften aber dieſe Künſtler zur bildenden Kunſt keine andere Stellung einnehmen, als diejenige der modernen jüdiſchen Componiſten zur Muſik iſt, zu deren genauerer Beleuchtung wir uns nun wenden.

Der Jude, der an ſich unfähig iſt, weder durch ſeine äußere Erſcheinung, noch durch ſeine Sprache, am allerwenigſten aber durch ſeinen Geſang, ſich uns künſtleriſch kundzugeben, hat nichtsdeſtoweniger es vermocht, in der verbreitetſten der modernen Kunſtarten, der Muſik, zur Beherrſchung des öffentlichen Geſchmackes zu gelangen. — Betrachten wir, um uns dieſe Erſcheinung zu erklären, zunächſt, wie es dem Juden möglich ward, Muſiker zu werden. —

Von der Wendung unsrer gesellschaftlichen Entwickelung an, wo mit immer unumwundenerer Anerkennung das Geld zum wirklich machtgebenden Adel erhoben ward, konnte den Juden, denen Geldgewinn ohne eigentliche Arbeit, d. h. der Wucher, als einziges Gewerbe überlassen worden war, das Adelsdiplom der neueren, nur noch geldbedürftigen Gesellschaft nicht nur nicht mehr vorenthalten werden, sondern sie brachten es ganz von selbst dahin mit. Unsre moderne Bildung, die nur dem Wohlstande zugänglich ist, blieb ihnen daher um so weniger verschlossen, als sie zu einem käuflichen Luxusartikel herabgesunken war. Von nun an tritt also der gebildete Jude in unsrer Gesellschaft auf, dessen Unterschied vom ungebildeten, gemeinen Juden wir genau zu beachten haben. Der gebildete Jude hat sich die undenklichste Mühe gegeben, alle auffälligen Merkmale seiner niederen Glaubensgenossen von sich abzustreifen: in vielen Fällen hat er es selbst für zweckmäßig gehalten, durch die christliche Taufe auf die Verwischung aller Spuren seiner Abkunft hinzuwirken. Dieser Eifer hat den gebildeten Juden aber nie die erhofften Früchte gewinnen lassen wollen: er hat nur dazu geführt, ihn vollends zu vereinsamen, und ihn zum herzlosesten aller Menschen in einem Grade zu machen, daß wir selbst die frühere Sympathie für das tragische Geschick seines Stammes verlieren mußten. Für den Zusammenhang mit seinen ehemaligen Leidensgenossen, den er übermüthig zerriß, blieb es ihm unmöglich einen neuen Zusammenhang mit der Gesellschaft zu finden, zu welcher er sich aufschwang. Er steht nur mit denen in Zusammenhang, welche sein Geld bedürfen: nie hat es aber dem Gelde gelingen wollen, ein gedeihenvolles Band zwischen Menschen zu knüpfen. Fremd und theilnahmlos steht der gebildete Jude inmitten einer Gesellschaft, die er nicht versteht, mit deren Neigungen und Bestrebungen er nicht sympathisirt, deren Geschichte und Entwickelung ihm gleichgiltig geblieben ſind. In ſolcher Stellung haben wir unter den Juden Denker entſtehen ſehen: der Denker iſt der rückwärtsſchauende Dichter; der wahre Dichter iſt aber der vorverkündende Prophet. Zu ſolchem Prophetenmate befähigt nur die tiefſte, ſeelenvollſte Sympathie mit einer großen, gleichſtrebenden Gemeinſamkeit, deren unbewußten Ausdruck der Dichter eben nach ſeinem Inhalte deutet. Von dieſer Gemeinſamkeit der Natur ſeiner Stellung nach gänzlich ausgeſchloſſen, aus dem Zuſammenhange mit ſeinem eigenen Stamme gänzlich herausgeriſſen, konnte dem vornehmeren Juden ſeine eigene erlernte und bezahlte Bildung nur als Luxus gelten, da er im Grunde nicht wußte, was er damit anfangen ſollte. Ein Theil dieſer Bildung waren nun aber auch unſre modernen Künſte geworden, und unter dieſen namentlich diejenige Kunſt, die ſich am leichteſten eben erlernen läßt, die Muſik, und zwar die Muſik, die, getrennt von ihren Schweſterkünſten, durch den Drang und die Kraft der größten Genies auf die Stufe allgemeinſter Ausdrucksfähigkeit erhoben worden war, auf welcher ſie nun entweder, im neuen Zuſammenhange mit den anderen Künſten, das Erhabenſte, oder, bei fortgeſetzter Trennung von jenen, nach Belieben auch das Allergleichgiltigſte und Trivialſte ausſprechen konnte. Was der gebildete Jude in ſeiner bezeichneten Stellung auszuſprechen hatte, wenn er künſtleriſch ſich kundgeben wollte, konnte natürlich eben nur das Gleichgiltige und Triviale ſein, weil ſein ganzer Trieb zur Kunſt ja nur ein luxuriöſer, unnöthiger war. Jenachdem ſeine Laune, oder ein außerhalb der Kunſt liegendes Intereſſe es ihm eingab, konnte er ſo, oder auch anders ſich äußern; denn nie drängte es ihn, ein Beſtimmtes, Nothwendiges und Wirkliches auszuſprechen; ſondern er wollte gerade eben nur ſprechen, gleichviel was, ſo daß ihm natürlich nur das Wie als beſorgenswerthes Moment übrig blieb. Die Möglichkeit, in ihr zu reden, ohne etwas Wirkliches zu ſagen, bietet jetzt keine Kunſt in so blühender Fülle, als die Musik, weil in ihr die größten Genies bereits das gesagt haben, was in ihr als absoluter Sonderkunst zu sagen war. War dieses einmal ausgesprochen, so konnte in ihr nur noch nachgeplappert werden, und zwar ganz peinlich genau und täuschend ähnlich, wie Papageien menschliche Wörter und Reden nachpapeln, aber ebenso ohne Ausdruck und wirkliche Empfindung, wie diese närrischen Vögel es thun. Nur ist bei dieser nachäffenden Sprache unsrer jüdischen Musikmacher eine besondere Eigenthümlichkeit bemerkbar, und zwar die der jüdischen Sprechweise überhaupt, welche wir oben näher charakterisirten.

Wenn die Eigenthümlichkeiten dieser jüdischen Sprech= und Singweise in ihrer grellsten Sonderlichkeit vor Allem den stamm= treu gebliebenen gemeineren Juden zugehören, und der gebildete Jude mit unsäglichster Mühe sich ihrer zu entledigen sucht, so wollen sie doch nichtsdestoweniger mit impertinenter Hartnäckigkeit auch an diesem haften bleiben. Ist dieses Mißgeschick rein phy= siologisch zu erklären, so erhellt sein Grund aber auch noch aus der berührten gesellschaftlichen Stellung des gebildeten Juden. Mag all unsre Luxuskunst auch fast ganz nur noch in der Luft unsrer willkürlichen Phantasie schweben, eine Faser des Zusammen= hanges mit ihrem natürlichen Boden, dem wirklichen Volksgeiste, hält sie doch immer noch nach unten fest. Der wahre Dichter, gleichviel in welcher Kunstart er dichte, gewinnt seine Anregung immer nur noch aus der getreuen, liebevollen Anschauung des unwillkürlichen Lebens, dieses Lebens, das sich ihm nur im Volke zur Erscheinung bringt. Wo findet der gebildete Jude nun dieses Volk? Unmöglich auf dem Boden der Gesellschaft, in welcher er seine Künstlerrolle spielt? Hat er irgend einen Zusammenhang mit dieser Gesellschaft, so ist dies eben nur mit jenem, von ihrem wirklichen, gesunden Stamme gänzlich losgelösten Auswuchse derselben; dieser Zusammenhang ist aber ein durchaus liebloser, und diese Lieblosigkeit muß ihm immer offenbarer werden, wenn er, um Nahrung für sein künstlerisches Schaffen zu gewinnen, auf den Boden dieser Gesellschaft hinabsteigt: nicht nur wird ihm hier Alles fremder und unverständlicher, sondern der unwillkürliche Widerwille des Volkes gegen ihn tritt ihm hier mit verletzendster Nacktheit entgegen, weil er nicht, wie bei den reicheren Classen, durch Berechnung des Vortheils und Beachtung gewisser gemein= schaftlicher Interessen geschwächt oder gebrochen ist. Von der Berührung mit diesem Volke auf das Empfindlichste zurückgestoßen, jedenfalls gänzlich unvermögend, den Geist dieses Volkes zu fassen, sieht sich der gebildete Jude auf die Wurzel seines eigenen Stammes hingedrängt, wo ihm wenigstens das Verständniß unbedingt leichter fällt. Wollend oder nicht wollend, muß er aus diesem Quelle schöpfen; aber nur ein Wie, nicht ein Was hat er ihm zu ent= nehmen. Der Jude hat nie eine eigene Kunst gehabt, daher nie ein Leben von kunstfähigem Gehalte: ein Gehalt, ein allgemein= giltiger menschlicher Gehalt ist diesem auch jetzt vom Suchenden nicht zu entnehmen, dagegen nur eine sonderliche Ausdrucksweise, und zwar eben diese Ausdrucksweise, welche wir oben näher charakterisirten. Dem jüdischen Tonsetzer bietet sich nun als ein= ziger musikalischer Ausdruck seines Volkes die musikalische Feier seines Jehovadienstes dar: die Synagoge ist der einzige Quell, aus welchem der Jude ihm verständliche volksthümliche Motive für seine Kunst schöpfen kann. Mögen wir diese musikalische Gottesfeier in ihrer ursprünglichen Reinheit auch noch so edel und erhaben uns vorzustellen gesonnen sein, so müssen wir desto bestimmter ersehen, daß diese Reinheit nur in allerwiderwärtigster Trübung auf uns gekommen ist: hier hat sich seit Jahrtausenden Nichts aus innerer Lebensfülle weiterentwickelt, sondern Alles ist, wie im Judenthum überhaupt, in Gehalt und Form starr haften geblieben. Eine Form, welche nie durch Erneuerung des Gehaltes belebt wird, zerfällt aber; ein Ausdruck, dessen Inhalt längst nicht mehr lebendiges Gefühl ist, wird sinnlos und verzerrt sich. Wer hat nicht Gelegenheit gehabt, von der Fratze des gottesdienstlichen Gesanges in einer eigentlichen Volks-Synagoge sich zu überzeugen? Wer ist nicht von der widerwärtigsten Empfindung, gemischt von Grauenhaftigkeit und Lächerlichkeit, ergriffen worden beim Anhören jenes Sinn und Geist verwirrenden Gegurgels, Gejodels und Geplappers, das keine absichtliche Caricatur widerlicher zu entstellen vermag, als es sich hier mit vollem, naivem Ernste darbietet? In der neueren Zeit hat sich der Geist der Reform durch die versuchte Wiederherstellung der älteren Reinheit in diesen Gesängen zwar auch rege gezeigt: was von Seiten der höheren, reflectirenden jüdischen Intelligenz hier geschah, ist aber eben nur ein, seiner Natur nach fruchtloses Bemühen von Oben herab, welches nach Unten nie in dem Grade Wurzel fassen kann, daß dem gebildeten Juden, der eben für seinen Kunstbedarf die eigentliche Quelle des Lebens im Volke aufsucht, der Spiegel seiner intelligenten Bemühungen als diese Quelle entgegenspringen könnte. Er sucht das Unwillkürliche, und nicht das Reflectirte, welches eben sein Product ist; und als dieses Unwillkürliche giebt sich ihm gerade nur jener verzerrte Ausdruck kund.

Ist dieses Zurückgehen auf den Volksquell bei dem gebildeten Juden, wie bei jedem Künstler überhaupt, ein absichtsloses, durch die Natur der Sache mit unbewußter Nothwendigkeit gebotenes, so trägt sich auch der hier empfangene Eindruck eben so unbeabsichtigt, und daher mit unüberwindlicher Beherrschung seiner ganzen Anschauungsweise, auf seine Kunstproductionen über. Jene Melismen und Rhythmen des Synagogengesanges nehmen seine musikalische Phantasie ganz in der Weise ein, wie das unwillkürliche Innehaben der Weisen und Rhythmen unsres Volksliedes und Volkstanzes die eigentliche gestaltende Kraft der Schöpfer unfrer Kunstgesang- und Instrumental-Musik ausmachte. Dem musikalischen Wahrnehmungsvermögen des gebildeten Juden ist daher aus dem weiten Kreise des Volksthümlichen wie Künstlerischen in unsrer Musik nur Das erfaßbar, was ihn überhaupt als verständlich anmuthet: verständlich, und zwar so verständlich, daß er es künstlerisch zu verwenden vermöchte, ist ihm aber nur Dasjenige, was durch irgend eine Annäherung jener jüdisch-musikalischen Eigenthümlichkeit ähnelt. Würde der Jude bei seinem Hinhorchen auf unser naïves, wie bewußt gestaltendes musikalisches Kunstwesen, das Herz und den Lebensnerven desselben zu ergründen sich bemühen, so müßte er aber inne werden, daß seiner musikalischen Natur hier in Wahrheit nicht das Mindeste ähnelt, und das gänzlich Fremdartige dieser Erscheinung müßte ihn dermaßen zurückschrecken, daß er unmöglich den Muth zur Mitwirkung bei unsrem Kunstschaffen sich erhalten könnte. Seine ganze Stellung unter uns verführt den Juden jedoch nicht zu so innigem Eindringen in unser Wesen: entweder mit Absicht (sobald er seine Stellung zu uns erkennt,) oder unwillkürlich (sobald er uns überhaupt gar nicht verstehen kann,) horcht er daher auf unser Kunstwesen und dessen lebengebenden inneren Organismus nur ganz oberflächlich hin, und vermöge dieses theilnahmlosen Hinhorchens allein können sich ihm äußerliche Aehnlichkeiten mit dem seiner Anschauung einzig Verständlichen, seinem besonderen Wesen Eigenthümlichen, darstellen. Ihm wird daher die gefälligste Aeußerlichkeit der Erscheinungen auf unsrem musikalischen Lebens- und Kunstgebiete als deren Wesen gelten müssen, daher seine Empfängnisse davon, wenn er sie als Künstler uns zurückspiegelt, uns fremdartig, kalt, sonderlich, gleichgiltig, unnatürlich und verdreht erscheinen, so daß jüdische Musikwerke auf uns oft den Eindruck hervorbringen, als ob z. B. ein Goethesches Gedicht im jüdischen Jargon uns vorgetragen würde.

Wie in diesem Jargon mit wunderlicher Ausdruckslosigkeit Worte und Constructionen durcheinandergeworfen werden, so wirft der jüdische Musiker auch die verschiedenen Formen und Stylarten aller Meister und Zeiten durch einander. Dicht neben einander treffen wir da im buntesten Chaos die formellen Eigenthümlichkeiten aller Schulen angehäuft. Da es sich bei diesen Productionen immer nur darum handelt, daß überhaupt geredet werden soll, nicht aber um den Gegenstand, welcher sich des Redens erst verlohnte, so kann dieses Geplapper eben auch nur dadurch irgendwie für das Gehör anregend gemacht werden, daß es durch den Wechsel der äußerlichen Ausdrucksweise jeden Augenblick eine neue Reizung zur Aufmerksamkeit darbietet. Die innerliche Erregung, die wahre Leidenschaft findet ihre eigenthümliche Sprache in dem Augenblicke, wo sie, nach Verständniß ringend, zur Mittheilung sich anläßt: der in dieser Beziehung von uns bereits näher charakterisirte Jude hat keine wahre Leidenschaft, am allerwenigsten eine Leidenschaft, welche ihn zum Kunstschaffen aus sich drängte. Wo diese Leidenschaft nicht vorhanden ist, da ist aber auch keine Ruhe anzutreffen: wahre, edle Ruhe ist nichts Anderes, als die durch Resignation beschwichtigte Leidenschaft. Wo der Ruhe nicht die Leidenschaft vorangegangen ist, erkennen wir nur Trägheit: der Gegensatz der Trägheit ist aber nur jene prickelnde Unruhe, — die wir in jüdischen Musikwerken von Anfang bis zu Ende wahrnehmen, außer da, wo sie jener geist- und empfindungslosen Trägheit Platz macht. Was so der Vornahme der Juden, Kunst zu machen, entsprießt, muß daher nothwendig die Eigenschaft der Kälte, der Gleichgiltigkeit, bis zur Trivialität und Lächerlichkeit an sich haben, und wir müssen die Periode des Judenthums in der modernen Musik geschichtlich als die der vollendeten Unproductivität, der verkommenden Stabilität bezeichnen.

An welcher Erscheinung wird uns dies Alles klarer, ja an

welcher konnten wir es einzig fast inne werden, als an den Werken eines Musikers jüdischer Abkunft, der von der Natur mit einer specifisch musikalischen Begabung ausgestattet war, wie wenige Musiker überhaupt vor ihm? Alles, was sich bei der Erforschung unsrer Antipathie gegen jüdisches Wesen der Betrachtung darbot, aller Widerspruch dieses Wesens in sich selbst und uns gegenüber, alle Unfähigkeit desselben, außerhalb unsres Bodens stehend, dennoch auf diesem Boden mit uns verkehren, ja sogar die ihm entsprossenen Erscheinungen weiterentwickeln zu wollen, steigern sich zu einem völlig tragischen Conflict in der Natur, dem Leben und Kunstwirken des frühe verschiedenen Felix Mendelssohn-Bartholdy. Dieser hat uns gezeigt, daß ein Jude von reichster specifischer Talentfülle sein, die feinste und mannigfaltigste Bildung, das gesteigertste, zartestempfindende Ehrgefühl besitzen kann, ohne durch die Hilfe aller dieser Vorzüge es je ermöglichen zu können, auch nur ein einziges Mal die tiefe, Herz und Seele ergreifende Wirkung auf uns hervorzubringen, welche wir von der Kunst erwarten, weil wir sie dessen fähig wissen, weil wir diese Wirkung zahllos oft empfunden haben, sobald ein Heros unsrer Kunst, so zu sagen, nur den Mund aufthat, um zu uns zu sprechen. Kritikern von Fach, welche hierüber zu gleichem Bewußtsein mit uns gelangt sein sollten, möge es überlassen sein, diese zweifellos gewisse Erscheinung aus den Einzelnheiten der Mendelssohnschen Kunstproductionen nachweislich zu bestätigen: uns genüge es hier, zur Verdeutlichung unsrer allgemeinen Empfindung uns zu vergegenwärtigen, daß bei Anhörung eines Tonstückes dieses Componisten wir uns nur dann gefesselt fühlen konnten, wenn nichts Anderes als unsre, mehr oder weniger nur unterhaltungssüchtige Phantasie, durch Vorführung, Reihung und Verschlingung der feinsten, glättesten und kunstfertigsten Figuren, wie im wechselnden Farben- und Formenreize des Kaleidoskopes, vorgeführt wurden, —

nie aber da, wo diese Figuren die Gestalt tiefer und markiger menschlicher Herzensempfindungen anzunehmen bestimmt waren*). Für diesen letzteren Fall hörte für Mendelssohn selbst alles formelle Productionsvermögen auf, weßhalb er denn namentlich da, wo er sich, wie im Oratorium, zum Drama anläßt, ganz offen nach jeder formellen Einzelnheit, welche diesem oder jenem zum Stylmuster gewählten Vorgänger als individuell charakteristisches Merkmal besonders zu eigen war, greifen mußte. Bei diesem Verfahren ist es noch bezeichnend, daß der Componist für seine ausdrucksunfähige moderne Sprache besonders unsren alten Meister Bach als nachzuahmendes Vorbild sich erwählte. Bachs musikalische Sprache bildete sich in einer Periode unsrer Musikgeschichte, in welcher die allgemeine musikalische Sprache eben noch nach der Fähigkeit individuelleren, sichreren Ausdruckes rang: das rein Formelle, Pedantische haftete noch so stark an ihr, daß ihr rein menschlicher Ausdruck bei Bach, durch die ungeheure Kraft seines Genies, eben erst zum Durchbruche kam. Die Sprache Bachs steht zur Sprache Mozarts, und endlich Beethovens in dem Verhältnisse, wie die ägyptische Sphinx zur griechischen Menschenstatue: wie die Sphinx mit dem menschlichen Gesicht aus dem Thierleibe erst noch herausstrebt, so strebt Bachs edler Menschenkopf aus der Perücke hervor. Es liegt eine unbegreiflich gedankenlose Verwirrung des luxuriösen Musikgeschmackes unsrer Zeit darin, daß wir die Sprache Bachs neben derjenigen Beethovens ganz zu gleicher Zeit uns vorsprechen lassen, und uns weißmachen können, in den Sprachen Beider läge nur ein individuell formeller, keinesweges aber ein culturgeschichtlich wirklicher Unterschied vor. Der Grund hiervon ist aber leicht einzusehen: die Sprache Beethovens

---

*) Ueber das neu-jüdische System, welches auf diese Eigenschaft der Mendelssohnschen Musik, wie zur Rechtfertigung dieser künstlerischen Verkommniß, entworfen worden ist, sprechen wir später.

kann nur von einem vollkommenen, ganzen, warmen Menschen gesprochen werden, weil sie eben die Sprache eines so vollendeten Musikmenschen war, daß dieser mit nothwendigem Drange über die absolute Musik hinaus, deren Bereich er bis an seine äußersten Grenzen ermessen und erfüllt hatte, uns den Weg der Befruchtung aller Künste durch die Musik als ihre einzige erfolgreiche Erweiterung angewiesen hat. Die Sprache Bachs hingegen kann füglich von einem sehr fertigen Musiker, wenn auch nicht im Sinne Bachs, nachgesprochen werden, weil das Formelle in ihr noch das Ueberwiegende, und der reinmenschliche Ausdruck noch nicht das so bestimmt Vorherrschende ist, daß in ihr bereits unbedingt nur das Was ausgesagt werden könnte oder müßte, da sie eben noch in der Gestaltung des Wie begriffen ist. Die Zerflossenheit und Willkürlichkeit unsres musikalischen Styles ist durch Mendelssohns Bemühen, einen unklaren, fast nichtigen Inhalt so interessant und geistblendend wie möglich auszusprechen, wenn nicht herbeigeführt, so doch auf die höchste Spitze gesteigert worden. Rang der Letzte in der Kette unsrer wahrhaften Musikheroen, Beethoven, mit höchstem Verlangen und wunderwirkendem Vermögen nach klarstem, sicherstem Ausdrucke eines unsäglichen Inhaltes durch scharfgeschnittene plastische Gestaltung seiner Tonbilder, so verwischt dagegen Mendelssohn in seinen Productionen diese gewonnenen Gestalten zum zerfließenden, phantastischen Schattenbilde, bei dessen unbestimmten Farbenschimmer unsre launenhafte Einbildungskraft willkürlich angeregt, unser reinmenschliches inneres Sehnen nach deutlichem künstlerischen Schauen aber kaum nur mit der Hoffnung auf Erfüllung berührt wird. Nur da, wo das drückende Gefühl von dieser Unfähigkeit sich der Stimmung des Componisten zu bemächtigen scheint, und ihn zu dem Ausdrucke weicher und schwermüthiger Resignation hindrängt, vermag sich uns Mendelssohn charakteristisch darzustellen, charakteristisch in dem subjectiven

Sinne einer zartfinnigen Individualität, die fich der Unmöglich=
keit gegenüber ihre Ohnmacht eingefteht. Dies ift, wie wir fagten,
der tragifche Zug in Mendelsfohns Erfcheinung; und wenn wir
auf dem Gebiete der Kunft an die reine Perfönlichkeit unfre Theil=
nahme verfchenken wollten, fo dürften wir fie Mendelsfohn in
ftarkem Maße nicht verfagen, felbft wenn die Kraft diefer Theil=
nahme durch die Beachtung gefchwächt würde, daß das Tragifche
feiner Situation Mendelsfohn mehr anhing, als es ihm zum
wirklichen, fchmerzlichen und läuternden Bewußtfein kam.

Eine ähnliche Theilnahme vermag aber kein anderer jüdifcher
Componift uns zu erwecken. Ein weit und breit berühmter
jüdifcher Tonfetzer unfrer Tage hat fich mit feinen Productionen
einem Theile unfrer Oeffentlichkeit zugewendet, in welchem die Ver=
wirrung alles mufikalifchen Gefchmackes von ihm weniger erft zu
veranftalten, als nur noch auszubeuten war. Das Publicum
unfrer heutigen Operntheater ift feit längerer Zeit nach und nach
gänzlich von den Anforderungen abgebracht worden, welche nicht
etwa an das dramatifche Kunftwerk felbft, fondern überhaupt an
Werke des guten Gefchmackes zu ftellen find. Die Räume diefer
Unterhaltungslocale füllen fich meiftens nur mit jenem Theile
unfrer bürgerlichen Gefellfchaft, bei welchem der einzige Grund
zur wechfelnden Vornahme irgend welcher Befchäftigung die
Langeweile ift: die Krankheit der Langeweile ift aber nicht durch
Kunftgenüffe zu heilen, denn fie kann abfichtlich gar nicht zerftreut,
fondern nur durch eine andere Form der Langeweile über fich
felbft getäufcht werden. Die Beforgung diefer Täufchung hat
nun jener berühmte Operncomponift zu feiner künftlerifchen Lebens=
aufgabe gemacht. Es ift zwecklos, den Aufwand künftlerifcher
Mittel näher zu bezeichnen, deren er fich zur Erreichung feiner
Lebensaufgabe bediente: genug, daß er es, wie wir aus dem
Erfolge erfehen, vollkommen verftand, zu täufchen, und diefes

namentlich damit, daß er jenen von uns näher charakterisirten Jargon seiner gelangweilten Zuhörerschaft*) als modern pikante Aussprache aller der Trivialitäten aufheftete, welche ihr so wiederholt oft schon in ihrer natürlichen Albernheit vorgeführt worden waren. Daß dieser Componist auch auf Erschütterungen und auf die Benutzung der Wirkung von eingewobenen Gefühlskatastrophen bedacht war, darf Niemanden befremden, der da weiß, wie nothwendig dergleichen von Gelangweilten gewünscht wird; daß hierin ihm seine Absicht aber auch gelingt, darf denjenigen nicht wundern, der die Gründe bedenkt, aus denen unter solchen Umständen ihm Alles gelingen muß. Dieser täuschende Componist geht sogar so weit, daß er sich selbst täuscht, und dieses vielleicht eben so absichtlich, als er seine Gelangweilten täuscht. Wir glauben wirklich, daß er Kunstwerke schaffen möchte, und zugleich weiß, daß er sie nicht schaffen kann: um sich aus diesem peinlichen Conflicte zwischen Wollen und Können zu ziehen, schreibt er für Paris Opern, und läßt diese dann leicht in der übrigen Welt aufführen — heut' zu Tage das sicherste Mittel, ohne Künstler zu sein, doch Kunstruhm sich zu verschaffen. Unter dem Drucke dieser Selbsttäuschung, welche nicht so mühelos sein mag, als man denken könnte, erscheint er uns fast gleichfalls in einem tragischen Lichte: das rein Persönliche in dem gekränkten Interesse macht die Erscheinung aber zu einer tragikomischen, wie überhaupt das Kaltlassende, wirklich Lächerliche, das Bezeichnende des Judenthumes für diejenige Kundgebung desselben ist, in welcher der berühmte Componist sich uns in Bezug auf die Musik zeigt.

***

*) Wer die freche Zerstreutheit und Gleichgiltigkeit einer jüdischen Gemeinde während ihres musikalisch ausgeführten Gottesdienstes in der Synagoge beobachtet hat, kann begreifen, warum ein jüdischer Operncomponist durch das Antreffen derselben Erscheinung bei einem Theaterpublicum sich gar nicht verletzt fühlt, und unverdrossen für dasselbe zu arbeiten vermag, da sie ihm hier sogar minder unanständig dünken muß als im Gotteshause.

Aus der genaueren Betrachtung der vorgeführten Erscheinungen, welche wir durch die Ergründung und Rechtfertigung unsres unüberwindlichen Widerwillens gegen jüdisches Wesen verstehen lernen konnten, ergiebt sich uns besonders nun die dargethane Unfähigkeit unsrer musikalischen Kunstepoche. Hätten die näher erwähnten beiden jüdischen Componisten*) in Wahrheit unsre Musik zu höherer Blüthe gefördert, so müßten wir uns nur eingestehen, daß unser Zurückbleiben hinter ihnen auf einer bei uns eingetretenen organischen Unfähigkeit beruhe: dem ist aber nicht so; im Gegentheile stellt sich das individuelle rein musikalische Vermögen gegen vergangene Kunstepochen als eher vermehrt denn vermindert heraus. Die Unfähigkeit liegt in dem Geiste unsrer Kunst selbst, welche nach einem anderen Leben verlangt, als das künstliche es ist, das ihr mühsam jetzt erhalten wird. Die Unfähigkeit der musikalischen Kunstart selbst wird uns in Mendelssohns, des specifisch ungemein begabten Musikers, Kunstwirken dargethan; die Nichtigkeit unsrer ganzen Oeffentlichkeit, ihr durchaus unkünstlerisches Wesen und Verlangen, wird uns aber aus den Erfolgen jenes berühmten jüdischen Operncomponisten auf

---

*) Charakteristisch ist noch die Stellung, welche die übrigen jüdischen Musiker, ja überhaupt die gebildete Judenschaft, zu ihren beiden berühmtesten Componisten einnehmen. Den Anhängern Mendelssohns ist jener famose Operncomponist ein Gräuel: sie empfinden mit feinem Ehrgefühle, wie sehr er das Judenthum dem gebildeteren Musiker gegenüber compromittirt, und sind deßhalb ohne alle Schonung in ihrem Urtheil. Bei weitem vorsichtiger äußert sich dagegen der Anhang dieses Componisten über Mendelssohn, mehr mit Neid, als mit offenbarem Widerwillen das Glück betrachtend, das er in der „gediegeneren" Musikwelt gemacht hat. Einer dritten Fraction, derjenigen der immer noch fortcomponirenden Juden, liegt es ersichtlich daran, jeden Scandal unter sich zu vermeiden, um sich überhaupt nicht bloßzustellen, damit ihr Musikproduciren ohne alles peinliche Aufsehen seinen bequemen Fortgang nehme: die immerhin unläugbaren Erfolge des großen Operncomponisten gelten ihnen denn doch für beachtenswerth, und Etwas müsse doch daran sein, wenn man auch Vieles nicht gutheißen und für „solid" ausgeben könnte. In Wahrheit, die Juden sind viel zu klug, um nicht zu wissen, wie es im Grunde mit ihnen steht! —

das Ersichtlichste klar. Dies sind die wichtigen Punkte, die jetzt die Aufmerksamkeit eines Jeden, welcher es ehrlich mit der Kunst meint, ausschließlich auf sich zu ziehen haben: hierüber haben wir zu forschen, uns zu fragen und zum deutlichen Verständniß zu bringen. Wer diese Mühe scheut, wer sich von dieser Erforschung abwendet, entweder weil ihn kein Bedürfniß dazu treibt, oder weil er die mögliche Erkenntniß von sich abweist, die ihn aus dem trägen Geleise eines gedanken- und gefühllosen Schlendrians heraustreiben müßte, den eben begreifen wir jetzt mit unter der Kategorie der „Judenschaft in der Musik". Dieser Kunst konnten sich die Juden nicht eher bemächtigen, als bis in ihr das darzuthun war, was sie in ihr erweislich eben offengelegt haben: ihre innere Lebensunfähigkeit. So lange die musikalische Sonderkunst ein wirkliches organisches Lebensbedürfniß in sich hatte, bis auf die Zeiten Mozarts und Beethovens, fand sich nirgends ein jüdischer Componist: unmöglich konnte ein diesem Lebensorganismus gänzlich fremdes Element an den Bildungen dieses Lebens theilnehmen. Erst wenn der innere Tod eines Körpers offenbar ist, gewinnen die außerhalb liegenden Elemente die Kraft, sich seiner zu bemächtigen, aber nur um ihn zu zersetzen; dann löst sich wohl das Fleisch dieses Körpers in wimmelnde Viellebigkeit von Würmern auf: wer möchte aber bei ihrem Anblick den Körper selbst noch für lebendig halten? Der Geist, das ist: das Leben, floh von diesem Körper hinweg zu wiederum Verwandtem, und dieses ist nur das Leben selbst: nur im wirklichen Leben können auch wir den Geist der Kunst wiederfinden, nicht bei ihrer Würmer=zerfressenen Leiche. —

Ich sagte oben, die Juden hätten keinen wahren Dichter hervorgebracht. Wir müssen nun hier Heinrich Heine's erwähnen. Zur Zeit, da Goethe und Schiller bei uns dichteten, wissen wir allerdings von keinem dichtenden Juden: zu der Zeit aber, wo das Dichten bei uns zur Lüge wurde, unsrem gänzlich unpoetischen Lebenselemente alles Mögliche, nur kein wahrer Dichter mehr entsprießen wollte, da war es das Amt eines sehr begabten dichterischen Juden, diese Lüge, diese bodenlose Nüchternheit und jesuitische Heuchelei unsrer immer noch poetisch sich gebaren wollenden Dichterei mit hinreißendem Spotte aufzudecken. Auch seine berühmten musikalischen Stammesgenossen geißelte er unbarmherzig für ihr Vorgeben, Künstler sein zu wollen; keine Täuschung hielt bei ihm vor: von dem unerbittlichen Dämon des Verneinens dessen, was verneinenswerth schien, war der rastlos vorwärtsgejagt durch alle Illusionen moderner Selbstbelügung hindurch, bis auf den Punkt, wo er nun selbst wieder sich zum Dichter log, und dafür auch seine gedichteten Lügen von unsren Componisten in Musik gesetzt erhielt. — Er war das Gewissen des Judenthums, wie das Judenthum das üble Gewissen unsrer modernen Civilisation ist.

Noch einen Juden haben wir zu nennen, der unter uns als Schriftsteller auftrat. Aus seiner Sonderstellung als Jude trat er Erlösung suchend unter uns: er fand sie nicht, und mußte sich bewußt werden, daß er sie nur mit auch unsrer Erlösung zu wahrhaften Menschen finden können würde. Gemeinschaftlich mit uns Mensch werden, heißt für den Juden aber zu allernächst so viel als: aufhören, Jude zu sein. Börne hatte dies erfüllt. Aber gerade Börne lehrt auch, wie diese Erlösung nicht in Behagen und gleichgiltig kalter Bequemlichkeit erreicht werden kann, sondern daß sie, wie uns, Schweiß, Noth, Aengste und Fülle des Leidens und Schmerzes kostet. Nehmt rücksichtslos an diesem durch Selbstvernichtung wiedergebärenden Erlösungswerke theil, so sind wir einig und ununterschieden! Aber bedenkt, daß nur Eines eure Erlösung von dem auf euch lastenden Fluche sein kann: die Erlösung Ahasvers, — der Untergang!

Der mit dem Vorstehenden wesentlich unverändert mitge-
theilte Aufsatz erschien, wie ich anfangs erwähnte, vor etwas
mehr als achtzehn Jahren, und zwar in der „Neuen Zeitschrift
für Musik".

Heute noch ist es mir fast unbegreiflich, wie mein nun kürzlich verstorbener Freund Franz Brendel, der Herausgeber jener
Zeitschrift, es über sich vermocht hat, die Veröffentlichung dieses
Artikels zu wagen: jedenfalls war der so ernstlich gesinnte, nur
die Sache in das Auge fassende, durchaus redliche und biedere
Mann gar nicht der Meinung gewesen, hiermit etwas Anderes
zu thun, als eben, der Erörterung einer die Geschichte der Musik
betreffenden, sehr beachtenswerthen Frage den unerläßlich gebührenden Raum gestattet zu haben. Dagegen belehrte ihn nun der
Erfolg, mit wem er es zu thun hatte. — Leipzig, an dessen
Conservatorium für Musik Brendel als Professor angestellt war,
hatte in Folge der langjährigen Wirksamkeit des dort mit Recht und
nach Verdienst geehrten Mendelssohn die eigentliche musikalische
Judentaufe erhalten: wie ein Berichterstatter sich einmal beklagte,
waren blonde Musiker dort zur immer größeren Seltenheit geworden,

und der sonst durch seine Universität und seinen bedeutenden Buch-
handel in allem deutschen Wesen so regsam sich auszeichnende Ort
verlernte in Betreff der Musik sogar die natürlichsten Sympathien
jedes, sonst deutschen Städten so willig anhaftenden Localpatrio-
tismus'; er ward ausschließlich Judenmusikweltstadt. Der Sturm,
welcher sich jetzt gegen Brendel erhob, stieg bis zur Bedrohung
seiner bürgerlichen Existenz: mit Mühe verdankte er es seiner Festig-
keit und ruhig sich bethätigenden Ueberzeugung, daß man ihn
in seiner Stellung am Conservatorium belassen mußte.

Was ihm bald zu äußerlicher Ruhe verhalf, war eine sehr
charakteristische Wendung, welche die Angelegenheit nach dem ersten
unbedachten Aufbrausen des Zornes der Beleidigten nahm.

Ich hatte keinesweges im Sinne gehabt, erforderlichen Falles
mich als den Verfasser des Aufsatzes zu verläugnen: nur wollte
ich verhüten, daß die von mir sehr ernstlich und objectiv auf-
gefaßte Frage sofort in das rein Persönliche verschleppt würde,
was, meiner Meinung nach, alsbald zu erwarten stand, wenn
mein Name, also der ‚eines jedenfalls auf den Ruhm Anderer
neidischen Componisten‘, von vornherein in das Spiel gezogen
wurde. Deßhalb hatte ich den Artikel mit einem, absichtlich als
solchen erkennbaren Pseudonym: K. Freigedank, unterzeichnet.
Brendel hatte ich in diesem Betreff meine Absicht mitgetheilt: er
war muthig genug, statt, wie dies sofort von befreiender Wirkung
für ihn gewesen wäre, den Sturm auf mich hinüberzuleiten, diesen
standhaft über sich ergehen zu lassen. Bald erschienen mir Anzeichen dafür, ja deutliche Hinweisungen darauf, daß man mich
als den Verfasser erkannt hatte: nie bin ich einer Bezichtigung
in diesem Betreff mit einer Abläugnung entgegengetreten. Hiermit erfuhr man genug, um demzufolge die bisher eingehaltene
Taktik gänzlich zu verändern. Bisher war jedenfalls nur das
gröbere Geschütz des Judenthums gegen den Aufsatz in das Gefecht

geführt worden: es zeigte sich kein Versuch, in irgend geistvoller, ja nur geschickter Weise eine Entgegnung zu Stande zu bringen. Gröbliche Anfälle, und schimpfende Abwehr der dem Verfasser des Aufsatzes untergelegten, für unsre aufgeklärten Zeiten so schmachvollen, mittelalterlichen Judenhaß=Tendenz, waren das Einzige, was neben absurden Verdrehungen und Fälschungen des Gesagten zum Vorschein kam. Nun aber warb es anders. Jedenfalls nahm sich das höhere Judenthum der Sache an. Das Aergerliche war diesem überhaupt das erregte Aufsehen: sobald man meinen Namen erfuhr, war durch ein Hineinziehen desselben nur noch die Vermehrung dieses Aufsehens zu befürchten. Dieses vermeiden zu können war eben dadurch an die Hand gegeben, daß ich meinem Namen einen Pseudonym substituirt hatte. Es erschien nun räthlich, mich als den Verfasser des Aufsatzes fortan zu ignoriren, und zugleich alles Gerede darüber selbst aufhören zu lassen. Dagegen war ich ja an ganz anderen Seiten anzufassen: ich hatte Kunstschriften veröffentlicht und Opern geschrieben, welche letztere ich doch jedenfalls aufgeführt wissen wollte. Meine systematische Verleumdung und Verfolgung auf diesen Gebieten, mit gänzlichem Secretiren der unangenehmen Judenthumsfrage, versprach jedenfalls die erwünschte Wirkung meiner Bestrafung.

Es wäre gewiß anmaßlich von mir, der ich damals gänzlich zurückgezogen in Zürich lebte, wollte ich eine genauere Bezeichnung des inneren Getriebes der hiermit gegen mich eingeleiteten, und in immer weiterer Verbreitung fortgesetzten, umgekehrten Judenverfolgung versuchen. Nur die Erfahrungen, welche Jedermann offenliegen, will ich berichten. Nach der Aufführung des „Lohengrin" in Weimar, im Sommer 1850, traten in der Presse Männer von bedeutendem litterarischen und künstlerischen Rufe, wie Adolf Stahr und Robert Franz, verheißungsvoll hervor, um auf mich und mein Werk das deutsche Publicum aufmerksam zu machen; selbst in Musikblättern von bedenklicher Tendenz tauchten überraschend gewichtige Erklärungen für mich auf. Dies geschah von Seiten jedes der verschiedenen Verfasser aber genau nur einmal. Sofort verstummten sie wieder, und benahmen sich im Verlaufe der Dinge nach Umständen sogar feindselig gegen mich. Dagegen tauchte zunächst ein Freund und Bewunderer des Herrn Ferdinand Hiller, ein Professor Bischoff, in der Kölnischen Zeitung mit der Begründung des von jetzt an gegen mich befolgten Systemes der Verleumdung auf: dieser hielt sich an meine Kunstschriften, und verdrehte meine Idee eines „Kunstwerkes der Zukunft" in die lächerliche Tendenz einer „Zukunftsmusik", nämlich etwa einer solchen, welche, wenn sie jetzt auch schlecht klänge, mit der Zeit sich doch gut ausnehmen würde. Des Judenthums ward von ihm mit keinem Worte erwähnt, im Gegentheil steifte er sich darauf, Christ und Abkömmling eines Superintendenten zu sein. Dagegen hatte ich Mozart, und selbst Beethoven für Stümper erklärt, wollte die Melodie abschaffen, und künftig nur noch psalmodiren lassen.

Sie werden, verehrte Frau, noch heute, sobald von „Zukunftsmusik" die Rede ist, nichts Anderes vernehmen als diese Sätze. Bedenken Sie, mit welch machtvoller Nachhaltigkeit diese absurde Verleumdung aufrechterhalten und verbreitet worden sein muß, da neben der wirklichen und populären Verbreitung meiner Opern sie fast in der ganzen europäischen Presse, sobald mein Name erwähnt wird, sofort als eben so unangefochten wie unwiderlegbar, mit stets neu verjüngter Kraft, auftritt.

Da mir so unsinnige Theorien zugeschrieben werden konnten, mußten natürlich auch die Musikwerke, welche aus ihnen hervorgegangen, von widerlichster Beschaffenheit sein: ihr Erfolg mochte sein, welcher er wollte, immer blieb die Presse dabei, meine Musik müsse so abscheulich sein wie meine Theorie. Hierauf war nun. der Nachdruck zu legen. Die eigentliche gebildete Intelligenz müßte für diese Ansicht gewonnen werden. Dies ward durch einen Wiener Juristen erreicht, welcher großer Musikfreund und Kenner der Hegel'schen Dialektik war, außerdem aber durch seine, wenn auch zierlich verdeckte, jüdische Abkunft besonders zugänglich befunden wurde. Auch Er war einer von Denjenigen, welche sich anfänglich mit fast enthusiastischer Neigung für mich erklärt hatten: seine Umtaufe geschah so plötzlich und gewaltsam, daß ich darüber völlig erschrocken war. Dieser schrieb nun ein Libell über das „Musikalisch-Schöne", in welchem er für den allgemeinen Zweck des Musikjudenthums mit außerordentlichem Geschick verfuhr. Zunächst täuschte er durch eine höchst zierliche dialektische Form, welche ganz nach feinstem philosophischen Geiste aussah, die gesammte Wiener Intelligenz bis zu der Annahme, es sei denn wirklich einmal ein Prophet aus ihr hervorgegangen: und dieses war die beabsichtigte Hauptwirkung. Denn was er mit dieser eleganten dialektischen Färbung überzog, waren die trivialsten Gemeinplätze, wie sie mit einem Anschein von Bedeutsamkeit nur auf einem Gebiete sich ausbreiten können, auf welchem, wie auf dem der Musik, von jeher eben nur erst noch gefaselt worden war, sobald darüber ästhetisirt wurde. Es war gewiß kein Kunststück, auch für die Musik das „Schöne" als Hauptpostulat hinzustellen: brachte der Autor dies in der Art zu Stande, daß Alles über diese geniale Weisheit erstaunte, so gelang nun aber auch das allerdings Schwerere, nämlich die moderne jüdische Musik als die eigentliche „schöne" Musik aufzustellen; und zur stillschweigenden Anerkennung dieses Dogmas gelangte er ganz unvermerklich, indem er der Reihe Haydns, Mozarts und Beethovens, so recht wie natürlich, Mendelssohn anschloß, ja — wenn man seine Theorie vom „Schönen" recht versteht, diesem Letzteren eigentlich die wohlthuende Bedeutung zusprach, das durch seinen unmittelbaren Vorgänger, Beethoven, einigermaßen in Confusion gerathene Schönheitsgewebe glücklich wieder arrangirt zu haben. War Mendelssohn so auf den Thron erhoben, was namentlich auch dadurch mit Manier zu bewerkstelligen war, daß man ihm einige christliche Notabilitäten, wie Robert Schumann, zur Seite stellte, so war nun auch manches Weitere im Reiche der modernen Musik noch glaublich zu machen. Vor Allem aber war jetzt der schon angedeutete Hauptzweck der ganzen ästhetischen Unternehmung erreicht: der Verfasser hatte sich durch sein geistreiches Libell in allgemeinen Respect gesetzt, und sich hierdurch eine Stellung gemacht, welche ihm Bedeutung gab, wenn er, als angestaunter Aesthetiker, nun im gelesensten politischen Blatte auch als Recensent auftrat, und jetzt mich und meine künstlerischen Leistungen für rein null und nichtig erklärte. Daß ihn hierin der große Beifall, den meine Werke beim Publicum fanden, gar nicht beirrte, mußte ihm nur einen um so größeren Nimbus geben, und nebenbei erreichte er (oder auch: man erreichte durch ihn), daß, wenigstens so weit als Zeitungen in der Welt gelesen werden, eben dieser Ton über mich zum Styl geworden ist, welchen überall anzutreffen Sie, verehrteste Frau, so sehr verwunderte. Von Nichts als meiner Verachtung aller großen Tonmeister, meiner Feindschaft gegen die Melodie, von meinem gräulichen Componiren, kurz von „Zukunftsmusik“, war nur noch die Rede: von jenem Artikel über das „Judenthum in der Musik“ tauchte aber nie wieder das Mindeste auf. Dieser wirkte dagegen, wie an allen so seltsamen und plötzlichen Bekehrungswerken zu ersehen ist, desto erfolgreicher im Geheimen: er ward das Medusenhaupt, das sofort Jedem vorgehalten wurde, in welchem sich eine unbedachte Regung für mich zeigte.

Wirklich nicht unbelehrend für die Culturgeschichte unsrer Tage dürfte es sein, diese sonderbaren Bekehrungswerke näher zu verfolgen, da sich hierdurch auf dem bisher von den Deutschen so ruhmvoll eingenommenen Gebiete der Musik eine seltsam verzweigte, und aus den unterschieblichsten Elementen zusammengefügte Partei begründet hat, welche sich Impotenz und Unproductivität gegenseitig gerabesweges versichert zu haben scheint.

Sie werden, verehrte Frau, nun zunächst zwar fragen, wie es denn kam, daß die unläugbaren Erfolge, welche mir zu Theil wurden, und die Freunde, welche meine Arbeiten mir doch ganz offenbar gewannen, in keiner Weise zur Bekämpfung jener feindseligen Machinationen verwendet werden konnten?

Dies ist nicht ganz leicht und kürzlich zu beantworten. Vernehmen Sie aber zunächst, wie es meinem größten Freunde und eifrigsten Für-Streiter, Franz Liszt, erging. Gerade durch das großherzige Selbstvertrauen, welches er in Allem zeigte, lieferte er dem vorsichtig lauernden, und aus der geringfügigsten Nebensächlichkeit Gewinn ziehenden Gegner solche Waffen, wie gerade dieser sie brauchte. Was der Gegner so angelegentlich wünschte, die Secretirung der ihm so ärgerlichen Judenthumsfrage, war auch Liszt angenehm, natürlich aber aus dem entgegengesetzten Grunde, einem ehrlichen Kunststreite eine erbitternde persönliche Beziehung fernzuhalten, während Jenem daran lag, das Motiv eines unehrlichen Kampfes, den Erklärungsgrund der uns betreffenden Verleumdungen, verdeckt zu halten. Somit blieb dieses Ferment der Bewegung auch unsererseits unberührt. Dagegen war es ein jovialer Einfall Liszts, den uns beigelegten Spottnamen der „Zukunftsmusiker", in der Bedeutung, wie dies einst von den „gueux" der Niederlande geschah, zu acceptiren. Geniale Züge, wie dieser meines Freundes, waren dem Gegner höchst willkommen: er brauchte nun in diesem Punkte kaum mehr noch zu verleumden, und mit dem „Zukunftsmusiker" war jetzt dem feurig lebenden und schaffenden Künstler recht bequem beizukommen.

Mit dem Abfalle eines bisher warm ergebenen Freundes, eines großen Violinvirtuosen, auf welchen das Medusenschild doch endlich auch gewirkt haben mochte, trat jene wüthende Agitation gegen den nach allen Seiten hin großmüthig unbesorgten Franz Liszt ein, welche ihm endlich die Enttäuschung und Verbitterung bereitete, in denen er seinen schönen Bemühungen, der Musik in Weimar eine fördernde Stätte zu bereiten, für immer ein Ziel steckte.

Sind Sie, verehrte Frau, nun über die Verfolgungen, denen seinerseits unser großer Freund ausgesetzt war, weniger verwundert, als über diejenigen, welche mich betroffen haben? — Vielleicht würde es Sie dann täuschen, daß Liszt allerdings durch den Glanz seiner äußerlichen Künstlerlaufbahn den Neid, namentlich der steckengebliebenen deutschen Collegen, auf sich gezogen hatte, außerdem aber durch sein Aufgeben der Virtuosenlaufbahn, und durch sein bis dahin nur vorbereitetes Auftreten als schaffender Tonsetzer, einen leicht auftauchenden, und daher vom Neide wiederum leicht zu nährenden Zweifel an seiner Berufung hierzu, in ziem- lich begreiflicher Weise geweckt hat. Ich glaube jedoch mit Dem, was ich später noch berühren werde, nachweisen zu können, daß im tiefsten Grunde hier diese Zweifel nicht minder, als dort meine angeblichen Theorien, eben nur den Vorwand zu dem Verfolgungs- kriege abgaben: wie auf diese, so genügte es auf jene genauer hinzublicken und sie, mit dem richtigen Eindrucke von unsrem Schaffen, in Erwägung zu ziehen, so stand bald die Frage auf einem ganz anderen Punkte; da konnte dann geurtheilt, discutirt, für und wider gesprochen werden: am Ende wäre Etwas dabei herausgekommen. Aber gerade davon war nicht die Rede, ja, eben dieses nähere Beachten der neuen Erscheinungen wollte man nicht aufkommen lassen; sondern mit einer Gemeinheit des Aus- druckes und der Insinuation, wie es sich in keinem ähnlichen

Falle nur je gezeigt hat, ward in der großen weiten Presse geschrieen und getobt, daß an ein menschenwürdiges Zuwortekommen gar nicht zu denken war. Und deßhalb versichere ich Sie: auch was Liszt widerfuhr, rührt von der Wirkung jenes Artikels über das „Judenthum in der Musik" her.

Auch uns ging dies jedoch nicht sobald auf. Es giebt zu jeder Zeit so viele Interessen, welche zum Widerspruche gegen neue Erscheinungen, ja zur äußersten Verketzerung alles darin Enthaltenen bestimmen, daß auch wir hier eben nur mit der Trägheit und gestörten Kunstgeschäftsbequemlichkeit zu thun zu haben glauben konnten. Da die Anfeindungen sich vor Allem in der Presse, und zwar in der einflußreichen großen politischen Zeitungspresse, kundgaben, vermeinten namentlich diejenigen unsrer Freunde, welche die hierdurch gestörte Unbefangenheit des Publicums dem nun erfolgenden Auftreten Liszts als Instrumentalcomponist gegenüber besorgt machte, zur Gegenwirksamkeit schreiten zu müssen: einige Ungeschicklichkeiten abgerechnet, welche hierbei begangen wurden, zeigte es sich aber bald, daß selbst die besonnenste Besprechung einer Lisztschen Composition keinen Zugang zu den größeren Zeitungen fand, sondern daß hier Alles besetzt und im feindseligen Sinne in Beschlag genommen war. Wer wird nun im Ernste glauben wollen, daß sich in dieser Haltung der großen Zeitungen eine Besorgniß des Schadens aussprach, welchen etwa eine neue Kunstrichtung dem guten deutschen Kunstgeschmacke bringen könnte? Ich erlebte es mit der Zeit, daß in einem solchen geachteten Blatte es mir unmöglich werden sollte, Offenbachs in der ihm gebührenden Weise zu erwähnen: wer vermag hier an Sorge für den deutschen Kunstgeschmack zu denken? So weit war es eben gekommen: wir waren von der deutschen großen Presse vollständig ausgeschlossen. Wem gehört aber diese Presse? Unsre Liberalen und Fortschrittsmänner haben es empfindlich zu

büßen, von den altconservativen Gegenparteien mit dem Juden=
thum und seinen specifischen Interessen in Einen Topf geworfen
zu werden: wenn die römischen Ultras fragen, wie denn eine nur
von den Juden dirigirte Presse berechtigt sein sollte, über christ=
liche Kirchenangelegenheiten mitzusprechen, so liegt hierin ein fataler
Sinn, der jedenfalls sich auf die richtige Kenntniß der Abhängig=
keitsverhältnisse jener großen Zeitungen stützt.

Das Sonderbare hierbei ist, daß diese Kenntniß auch Jeder=
mann offenliegt; denn wer hat nicht seine Erfahrung davon ge=
macht? Ich kann nicht beurtheilen, wie weit dieses factische Ver=
hältniß sich auch auf die größeren politischen Angelegenheiten
erstreckt, wiewohl die Börse den Fingerzeig hierzu mit ziemlicher
Offenheit giebt: auf diesem, dem ehrlosesten Geschwätze preis=
gegebenen Gebiete der Musik herrscht bei Einsichtsvollen gar kein
Zweifel, daß hier Alles einer höchst merkwürdigen Ordensregel
unterworfen ist, deren Befolgung in den weitestverzweigten Krei=
sen, und mit der übereinstimmendsten Genauigkeit, auf eine höchst
energische Organisation und Leitung schließen läßt. In Paris
fand ich zu meinem Erstaunen, daß namentlich auch diese sorg=
samste Leitung gar kein Geheimniß war: Jeder weiß dort die
wunderlichsten Züge davon zu berichten, namentlich in Betreff
der bis in das Kleinlichste gehenden Sorge, das Geheimniß, da es
nun doch einmal durch zu viele betheiligte Mitwisser der Unver=
schwiegenheit ausgesetzt war, wiederum dadurch wenigstens vor
öffentlicher Denunciation zu bewahren, daß auch jedes noch so
winzige Löchelchen, durch welches es in ein Journal bringen könnte,
verstopft würde, und sei dies selbst durch eine Visitenkarte im
Schlüsselloche eines Dachkämmerchens. Hier gehorchte denn auch
Alles wie in der bestdisciplinirten Armee während der Schlacht:
Sie lernten dieses gegen mich gerichtete Pelotonfeuer der Pariser
Presse kennen, welches die Sorge für den guten Kunstgeschmack

ihr commandirte. — In London traf ich seinerzeit in diesem Punkte größere Offenheit an. Ueberfiel mich der Musikkritiker der Times (ich bitte zu bedenken, von welchem kolossalen Weltblatte ich Ihnen hier erzähle!) bei meiner Ankunft sofort mit einem Hagel von Insulten, so genirte Herr Davison sich im Verlaufe seiner Ergießungen nicht weiter, mich, als Lästerer der größten Componisten ihres Judenthums wegen, dem öffentlichen Abscheu anzuempfehlen. Mit dieser Aufdeckung hatte er allerdings bei dem englischen Publicum für sein Ansehen mehr zu gewinnen, als zu verlieren, einerseits der großen Verehrung wegen, welche Mendelssohn gerade dort genießt, andrerseits vielleicht aber auch wegen des eigenthümlichen Charakters der englischen Religion, welche Kennern mehr auf dem Alten, als auf dem Neuen Testamente zu fußen scheint. — Nur in Petersburg und Moskau fand ich das Terrain der musikalischen Presse von der Judenschaft noch vernachlässigt: dort erlebte ich das Wunder, zum ersten Male auch von den Zeitungen ganz so aufgenommen zu werden wie vom Publicum, dessen gute Aufnahme mir überhaupt die Juden nirgends noch hatten verderben können, außer in meiner Vater-stadt Leipzig, wo das Publicum mir einfach gänzlich wegblieb.

Durch die lächerlichen Seiten der Sache bin ich bei dieser Mittheilung jetzt fast in einen scherzhaften Ton verfallen, den ich nun aber aufgeben muß, wenn ich es mir gestatten will, Sie, verehrte Frau, schließlich noch auf die sehr ernste Seite derselben aufmerksam zu machen; und diese beginnt auch vielleicht für Sie genau da, wo wir von meiner verfolgten Person absehen, um die Wirkung jener merkwürdigen Verfolgung, so weit sie sich auf unsren Kunstgeist selbst erstreckt, in das Auge zu fassen.

Um diese Richtung einzuschlagen, habe ich zunächst mein persönliches Interesse noch einmal im Besonderen zu berühren. Ich sagte gelegentlich zuletzt, die von Seiten der Juden mir

widerfahrene Verfolgung habe bisher mir noch nicht das Publicum, welches überall mit Wärme mich aufnahm, entfremden
können. Dieses ist richtig. Jedoch muß ich dem nun hinzu-
fügen, daß jene Verfolgung allerdings geeignet ist, mir die
Wege zum Publicum, wenn nicht zu verschließen, so doch derart
zu erschweren, daß endlich wohl auch nach dieser Seite hin der
Erfolg der feindlichen Bemühungen vollständig zu werden ver-
sprechen dürfte. Bereits erleben Sie, daß, nachdem meine früheren
Opern fast überall auf den deutschen Theatern sich Bahn gebrochen
haben und dort mit stetem Erfolge gegeben worden sind, jedes
meiner neueren Werke auf ein träges, ja feindselig ablehnendes
Verhalten dieser selben Theater stößt: meine früheren Arbeiten
waren nämlich schon vor der Judenagitation auf die Bühne ge-
drungen, und ihrem Erfolge war nicht mehr Viel anzuhaben.
Nun aber hieß es, meine neuen Arbeiten seien nach den von
mir seitdem veröffentlichten ‚unsinnigen‘ Theorien verfaßt, ich sei
damit aus meiner früheren Unschuld gefallen, und kein Mensch
könne meine Musik jetzt mehr anhören. Wie nun das ganze Judenthum nur durch die Benutzung der Schwächen und der Fehler-
haftigkeit unsrer Zustände Wurzel unter uns fassen konnte, so fand
die Agitation auch hier sehr leicht den Boden, auf welchem —
unrühmlich genug für uns! — Alles zu ihrem endlichen Erfolge
vorgebildet liegt. In welchen Händen ist die Leitung unsrer
Theater, und welche Tendenz befolgen diese Theater? Hierüber
habe ich mich öfters und zur Genüge ausgesprochen, zuletzt auch
noch in meiner größeren Abhandlung über „Deutsche Kunst und
deutsche Politik" die weitverzweigten Gründe des Verfalles un-
serer theatralischen Kunst ausführlicher bezeichnet. Glauben Sie,
daß ich damit in den betreffenden Sphären mich beliebt gemacht
hätte? Nur mit größter Abneigung, sie haben dies bewiesen,
gehen jetzt die Administrationen der Theater an die Aufführung

eines neuen Werkes von mir*): sie könnten aber hierzu gezwun-
gen werden durch die meinen Opern allgemein günstige Haltung
des Publicums; wie willkommen muß ihnen nun der Vorwand
sein, welcher so leicht sich daraus ziehen läßt, daß meine neueren
Arbeiten doch so allgemein in der Presse, und noch dazu im
einflußreichsten Theile derselben, bestritten wären? Hören Sie nicht
schon jetzt aus Paris die Frage aufwerfen, warum man denn
das an und für sich so schwierige Wagniß einer Uebersiedelung
meiner Opern nach Frankreich glaube betreiben zu müssen, da
meine künstlerische Bedeutung ja nicht einmal in der Heimat anerkannt sei? — Dieses Verhältniß erschwert sich nun aber um
so mehr, als ich wirklich meine neueren Arbeiten keinem Theater
anbiete, sondern im Gegentheil mir vorbehalten muß, bisher noch
nie für nöthig gehaltene Bedingungen an meine etwa gewünschte
Einwilligung zur Aufführung eines neuen Werkes zu knüpfen,
nämlich die Erfüllung von Forderungen, welche mich einer wirklich correkten Darstellung desselben versichern sollen**). Und hiermit berühre ich denn nun die ernstlichste Seite des nachtheiligen
Erfolges der Einmischung des jüdischen Wesens in unsre Kunstzustände.

*) Es wäre nicht unbelehrend und jedenfalls für unsre Kunstzustände be-
zeichnend, wenn ich mich Ihnen über das Verfahren näher ausließe, welches ich
neuerdings, zu meinem wahren Erstaunen, von Seiten der beiden größten Theater,
Berlins und Wiens, in Betreff meiner „Meistersinger" kennen lernen mußte.
Es bedurfte in meinen Verhandlungen mit den Leitern dieser Hoftheater einiger
Zeit, ehe ich aus den von ihnen hierbei angewendeten Kniffen ersah, daß es ihnen
nicht allein darum zu thun war, mein Werk nicht geben zu dürfen, sondern
auch zu verhindern, daß es auf anderen Theatern gegeben werde. Sie würden
daraus deutlich ersehen müssen, daß es sich hierbei um eine wirkliche Tendenz
handelt, und offenbar über das Erscheinen eines neuen Werkes von mir ein
wahrer Schrecken empfunden wurde. Vielleicht unterhält es Sie, auch hierüber
einmal etwas Näheres aus dem Bereiche meiner Erfahrungen zu vernehmen.

**) Nur dadurch, daß ich, für jetzt aus nothgedrungener Rücksicht auf meinen
Verleger, diese Forderungen fallen ließ, konnte ich neuerdings das Dresdener
Hoftheater zur Vornahme der Aufführung meiner „Meistersinger" bewegen.

In meinem voranstehenden älteren Aufsatze zeigte ich schließlich, daß es die Schwäche und Unfähigkeit der nachbeethovenschen Periode unsrer deutschen Musikproduction war, welche die Einmischung der Juden in dieselbe zuließ: ich bezeichnete alle diejenigen unsrer Musiker, welche in der Verwischung des großen plastischen Styles Beethovens die Ingredienzien für die Zubereitung der neueren gestaltungslosen, seichten, mit dem Anscheine der Solidität matt sich übertünchenden Manier fanden, und in dieser nun ohne Leben und Streben mit duseligem Behagen so weiter hin componirten, als in dem von mir geschilderten Musikjudenthum durchaus mitinbegriffen, möchten sie einer Nationalität angehören, welcher sie wollten. Diese eigenthümliche Gemeinde ist es, welche gegenwärtig so ziemlich Alles in sich faßt, was Musik componirt und — leider auch! — dirigirt. Ich glaube, daß Manche von ihnen durch meine Kunstschriften ehrlich confus gemacht und erschreckt worden sind: ihre redliche Verwirrung und Betroffenheit war es, welcher die Juden, im Zorn über meinen obigen Artikel, sich bemächtigten, um jede anständige Discussion meiner anderweitigen theoretischen Thesen sofort abzuschneiden, da zu der Möglichkeit einer solchen von Seiten ehrlicher deutscher Musiker anfänglich sich beachtenswerthe Ansätze zeigten. Mit den paar genannten Schlagwörtern ward jede befruchtende, erklärende, läuternde und bildende Erörterung und gegenseitige Verständigung hierüber niedergehalten. — Derselbe schwächliche Geist lebte nun aber, in Folge der Verwüstungen, welche die Hegelsche Philosophie in den zu abstracter Meditation so geneigten deutschen Köpfen angerichtet hatte, auch auf diesem, wie auf dem zu ihm gehörigen Gebiete der Aesthetik, nachdem Kants große Idee, von Schiller so geistvoll zur Begründung ästhetischer Ansichten über das Schöne benutzt, einem wüsten Durcheinander von dialektischen Nichtsäglichkeiten Platz hatte machen müssen. Selbst von dieser Seite traf ich jedoch anfänglich auf eine Neigung, mit redlichem Willen auf die in meinen Kunstschriften niedergelegten Ansichten einzugehen. Jenes erwähnte Libell des Dr. Hanslick in Wien über das „Musikalisch-Schöne", wie es mit bestimmter Absicht verfaßt worden, ward aber auch mit größter Hast schnell zu solcher Berühmtheit gebracht, daß es einem gutartigen, durchaus blonden deutschen Aesthetiker, Herrn Vischer, welcher sich bei der Ausführung eines großen Systems mit dem Artikel „Musik" herumzuplagen hatte, nicht wohl zu verdenken war, wenn er sich der Bequemlichkeit und Sicherheit wegen mit dem so sehr gepriesenen Wiener Musikästhetiker associirte: er überließ ihm die Ausführung dieses Artikels, von dem er Nichts zu verstehen bekannte, für sein großes Werk*). So saß denn die musikalische Judenschönheit mitten im Herzen eines vollblutig germanischen Systems der Aesthetik, was auch zur Vermehrung der Berühmtheit seines Schöpfers um so mehr beitrug, als es jetzt überlaut in den Zeitungen gepriesen, seiner großen Unkurzweiligkeit wegen aber von Niemand gelesen ward. Unter der verstärkten Protection durch diese neue, noch dazu ganz christlich-deutsche Berühmtheit, ward nun auch die musikalische Judenschönheit zum völligen Dogma erhoben; die eigenthümlichsten und schwierigsten Fragen der Aesthetik der Musik, über welche die größten Philosophen, sobald sie etwas wirklich Gescheidtes sagen wollten, sich stets nur noch mit muthmaßender Unsicherheit geäußert hatten, wurden von Juden und übertölpelten Christen jetzt mit einer Sicherheit zur Hand genommen, daß demjenigen, der sich hierbei wirklich Etwas denken, und namentlich den überwältigenden Eindruck der Beethoven'schen Musik auf sein Gemüth sich erklären wollte, etwa so zu Muthe werden

---

*) Dieses theilte mir Herr Professor Vischer einst selbst in Zürich mit: in welchem Verhältniß die Mitarbeit des Herrn Hanslick als eine persönliche und unmittelbare herbeigezogen wurde, ist mir unbekannt geblieben.

mußte, als hörte er der Verschacherung der Gewänder des Heilands am Fuße des Kreuzes zu, — worüber der berühmte Bibelforscher David Strauß vermuthlich eben so geistvoll erläuternd, wie über die neunte Symphonie Beethovens, sich auslassen dürfte.

Dieses Alles mußte nun endlich den weitergehenden Erfolg haben, daß, wenn im Gegensatze zu diesem eben so rührigen, als unproductiven Getreibe, der Versuch zu einer Erkräftigung des immer mehr erschlaffenden Kunstgeistes gemacht werden sollte, wir nicht nur auf die natürlichen, zu jeder Zeit hiergegen sich einstellenden Hindernisse, sondern auch auf eine vollständig organisirte Opposition trafen, als welche die in ihr begriffenen Elemente sich sogar einzig nur thätig zu zeigen vermochten. Schienen wir verstummt und resignirt, so ging nämlich im andren Lager eigentlich gar Nichts vor, was wie ein Wollen, Streben und Hervorbringen anzusehen war: vielmehr ließ man gerade auch von Seiten der Bekenner der reinen Judenmusikschönheit Alles geschehen, und jede neue Calamität à la Offenbach über das deutsche Kunstwesen hereinbrechen, ohne sich auch nur zu rühren, was Sie allerdings nun „selbstverständlich‟ finden werden. Wurde dagegen Jemand, wie eben ich, durch irgend eine ermuthigende Gunst der Umstände veranlaßt, dargebotene künstlerische Kräfte zur Hand zu nehmen, um sie zu energischer Bethätigung anzuleiten, so vernahmen Sie ja wohl, verehrte Frau, welches Geschrei dies allseitig hervorrief? Da kam Kraft und Feuer in die Gemeinde des modernen Israel! Vor Allem fiel hierbei stets auch die Geringschätzung, der ganze unehrerbietige Ton auf, welchen, wie ich glaube, nicht nur die blinde Leidenschaftlichkeit, sondern die sehr hellsehende Berechnung der unvermeidlichen Wirkung davon auf die Beschützer meiner Unternehmungen eingab; denn wer fühlt sich nicht endlich von dem wegwerfenden Tone, mit welchem allgemein über Denjenigen, dem man vor aller Welt wahre Verehrung und hohes Vertrauen erweist, gesprochen wird, betroffen? Ueberall und in jedem Verhältnisse, welches zu complicirten Unternehmungen verwendet werden soll, sind die ganz natürlichen Elemente der Mißgunst der Unbetheiligten (oder auch der zu nahe Betheiligten) vorhanden: wie leicht wird es nun durch jenes geringschätzige Benehmen der Presse diesen Allen gemacht, das Unternehmen selbst im Auge seiner Gönner bedenklich erscheinen zu lassen? Kann so Etwas einem vom Publicum gefeierten Franzosen in Frankreich, einem acclamirten italienischen Tonsetzer in Italien begegnen? Was nur einem Deutschen in Deutschland widerfahren konnte, war so neu, daß die Gründe davon jedenfalls erst zu untersuchen sind. Sie, verehrte Frau, verwunderten sich darüber; die bei diesem anscheinenden Kunstinteressenstreite übrigens Unbetheiligten, welche sonst jedoch Gründe haben, Unternehmungen, wie sie von mir ausgehen, zu verhindern, verwundern sich aber nicht, sondern finden Alles recht natürlich. *)

---

*) Sie können sich hiervon, und von der Art, wie die zuletzt von mir Bezeichneten den in meinem Betreff aufgebrachten Ton des Weiteren zu den Zwecken der Verhinderung jedes meine Unternehmungen fördernden Antheiles benutzen, einen recht genügenden Begriff verschaffen, wenn Sie das Feuilleton der heurigen Neujahrsnummer der „Süddeutschen Presse", welche mir soeben aus München zugeschickt wird, zu durchlesen sich bemühen wollen. Herr Julius Fröbel benuncirt mich da dem bayerischen Staatswesen ganz unbeirrt als den Gründer einer Secte, welche den Staat und die Religion abzuschaffen, dagegen alles Dieses durch ein Operntheater zu ersetzen und von ihm aus zu regieren beabsichtigt, außerdem aber auch Befriedigung „muckerhafter Gelüste" in Aussicht stellt. — Der verstorbene Hebbel bezeichnete mir einmal im Gespräche die eigenthümliche Gemeinheit des Wiener Komikers Nestroy damit, daß eine Rose, wenn dieser daran gerochen haben würde, jedenfalls stinken müßte. Wie sich die Idee der Liebe, als Gesellschaftsgründerin, im Kopfe eines Julius Fröbel ausnimmt, erfahren wir hier mit einem ähnlichen Effect. — Aber begreifen Sie, wie sinnvoll so Etwas wiederum auf die Erweckung des Ekels berechnet ist, mit welchem selbst der Verleumdete sich von der Bestrafung des Verleumders abwendet?

Der Erfolg hiervon ist also: immer entschiedener durchgesetzte Verhinderung jeder Unternehmung, welche meinen Arbeiten und meinem Wirken einen Einfluß auf unsre theatralischen und musikalischen Kunstzustände verschaffen könnte.

Ist hiermit Etwas gesagt? — Ich glaube: Viel; und vermeine hierbei ohne Anmaßung mich vernehmen zu lassen. Daß ich meinem Wirken eine wesentliche Bedeutung beilegen darf, ersehe ich daraus, wie ernstlich es vermieden wird, auf diejenigen meiner Veröffentlichungen einzugehen, zu welchen ich in diesem Betreff gelegentlich veranlaßt worden bin.

Ich erwähnte, wie anfänglich, ehe die so sonderbar ihren Grund verheimlichende Agitation der Juden gegen mich eintrat, die Ansätze zu einer ehrlich deutsch geführten Behandlung und Erwägung der von mir in meinen Kunstschriften niedergelegten Ansichten sich zeigten. Nehmen wir an, jene Agitation wäre nun nicht eingetreten, oder sie hätte, wie billig, sich ebenfalls offen und ehrlich auf ihre nächste Veranlassung beschränkt, so hätten wir uns wohl zu fragen, wie dann, nach der Analogie gleichartiger Vorgänge im ungestörten deutschen Culturleben, die Sache sich gestaltet haben würde. Ich bin nicht der optimistischen Meinung, daß hierbei sehr Viel herausgekommen wäre; wohl aber wäre Etwas zu erwarten gewesen, und jedenfalls etwas Anderes, als das eingetretene Ergebniß. Verstehen wir es recht, so war, wie für die poetische Litteratur, auch für die Musik die Periode der Sammlung eingetreten, um die Hinterlassenschaft der unvergleichlichen Meister, welche in dicht an einander sich schließender Reihe die große deutsche Kunstwiedergeburt selbst darstellen, zu einem Gemeingut der Nation, der Welt verwerthen zu sollen. In welchem Sinne diese Verwerthung sich bestimmen würde, das war die Frage. Am Entscheidendsten gestaltete sie sich für die Musik: denn hier war namentlich durch die letzten Perioden des Beethovenschen Schaffens eine ganz neue Phase der Entwickelung dieser Kunst eingetreten, welche alle von ihr bisher gehegten Ansichten und Annahmen durchaus überbot. Die Musik war unter der Führung der italienischen Gesangsmusik zur Kunst der reinen Annehmlichkeit geworden: die Fähigkeit, sich die gleiche Bedeutung der Kunst Dantes und Michel Angelos zu geben, leugnete man damit durchaus ab, und verwies sie somit in einen offenbar niedereren Rang der Künste überhaupt. Es war daher aus dem großen Beethoven eine ganz neue Erkenntniß des Wesens der Musik zu gewinnen, die Wurzel, aus welcher sie gerade zu dieser Höhe und Bedeutung erwachsen, sinnvoll durch Bach auf Palestrina zu verfolgen, und somit ein ganz anderes System für ihre ästhetische Beurtheilung zu begründen, als dasjenige sein konnte, welches sich auf die Kenntnißnahme einer von diesen Meistern weit abliegenden Entwickelung der Musik stützte.

Das richtige Gefühl hiervon war ganz instinctiv in den deutschen Musikern dieser Periode lebendig, und ich nenne Ihnen hier Robert Schumann als den sinnvollsten und begabtesten dieser Musiker. An dem Verlaufe seiner Entwickelung als Componist läßt sich recht ersichtlich der Einfluß nachweisen, welchen die von mir bezeichnete Einmischung des jüdischen Wesens auf unsere Kunst ausübte. Vergleichen Sie den Robert Schumann der ersten, und den der zweiten Hälfte seines Schaffens: dort plastischer Gestaltungstrieb, hier Verfließen in schwülstige Fläche bis zur geheimnißvoll sich ausnehmenden Seichtigkeit. Dem entspricht es, daß Schumann in dieser zweiten Periode mißgünstig, mürrisch und verdrossen auf Diejenigen blickte, welchen er in seiner ersten Periode als Herausgeber der „Neuen Zeitschrift für Musik" so warm und deutsch liebenswürdig die Hand gereicht hatte. An der Haltung dieser Zeitschrift, in welcher Schumann (mit ebenfalls sehr richtigem Instincte) auch schriftstellerisch für die große uns obliegende Aufgabe sich bethätigte, können Sie gleichfalls ersehen, mit welchem Geiste ich mich zu berathen gehabt hätte, wenn ich mit ihm allein über die mich anregenden Probleme mich verständigen sollte: hier treffen wir wahrlich auf eine andere Sprache, als den endlich in unsre neue Aesthetik hinübergeleiteten dialektischen Judenjargon, und — ich bleibe dabei! — in dieser Sprache wäre es zu einem fördernden Einvernehmen gekommen. Was aber gab dem jüdischen Einflusse diese Macht? Leider ist eine Haupttugend des Deutschen auch der Quell seiner Schwächen. Das ruhige, gelassene Selbstvertrauen, das ihm bis zum Fernhalten alles peinigenden Seelenskrupels eigen bleibt, und so manche innig treue That aus seiner ungestört sich gleichen Natur hervortreibt, kann bei einem nur geringen Mangel an nöthigem Feuer leicht zu jener wunderlichen Trägheit umschlagen, in welche wir jetzt, unter der andauernden Verwahrlosung aller höheren Anliegen des deutschen Geistes in den machtvollen politischen Sphären, die meisten, ja fast alle dem deutschen Wesen ganz treu verbliebenen Geister versunken sehen. In diese Trägheit versank auch Robert Schumanns Genius, als es ihn belästigte, dem geschäftig unruhigen jüdischen Geiste Stand zu halten; es war ihm ermüdend, an tausend einzelnen Zügen, welche zunächst an ihn herantraten, sich stets deutlich machen zu sollen, was hier vorging. So verlor er unbewußt seine edle Freiheit, und nun erleben es seine alten, von ihm endlich gar verleugneten Freunde, daß er als einer der Ihrigen von den Musikjuden uns im Triumphe dahergeführt wird! — Nun, verehrte Freundin, dies wäre, so denke ich, ein Erfolg, der Etwas zu sagen hat? Seine Vorführung erspart uns jedenfalls die Beleuchtung geringfügigerer Unterjochungsfälle, welche in Folge dieses wichtigsten immer leichter hervorzurufen waren.

Diese persönlichen Erfolge vervollständigen sich aber auf dem Gebiete des Associations- und Gesellschaftswesens. Auch hier zeigte sich der deutsche Geist noch seiner Anlage gemäß zur Bethätigung angeregt. Die Idee, welche ich Ihnen als die Aufgabe unsrer nachbeethovenschen Periode bezeichnete, vereinigte auch wirklich zum ersten Mal eine immer größere Anzahl deutscher Musiker und Musikfreunde zu Zwecken, welche ihre natürliche Bedeutung durch das Erfassen jener Aufgabe erhielten. Es ist dem trefflichen Franz Brendel, der auch hierzu mit treuer Ausdauer die Anregung gab, und welchem dafür geringschätzig zu begegnen zum Ton der Judenblätter wurde, zum wahren Ruhme anzurechnen, nach dieser Seite hin das Nöthige ebenfalls erkannt zu haben. Das Gebrechen alles deutschen Associationswesens mußte aber auch hier um so eher sich herausstellen, als mit einem Vereine deutscher Musiker nicht etwa nur den machtvollen Sphären der staatlichen, von den Regierungen geleiteten Organisationen, wie mit anderen, zu gleicher Wirkungslosigkeit verurtheilten freien Vereinigungen es der Fall ist, sondern dabei noch den Interessen der allermächtigsten Organisation unsrer Zeit, der des Judenthumes, entgegengetreten wurde. Offenbar konnte ein großer Verein von Musikern nur auf dem praktischen Wege vorzüglichster Musteraufführungen für die Ausbildung des deutschen Musikstyles wichtiger Werke eine erfolgreiche Bethätigung ausüben; hierzu gehörten Mittel; der deutsche Musiker ist aber arm: wer wird ihm helfen? Gewiß nicht das Reden und Disputiren über Kunstinteressen, welches unter Vielen nie einen Sinn haben kann, und leicht zum Lächerlichen führt. Jene uns fehlende Macht gehörte aber dem Judenthum. Die Theater den Junkern und dem Coulissenjuz, die Concertinstitute den Musikjuden: was blieb uns da noch übrig? Etwa ein kleines Musikblatt, das über den Ausfall der allzweijährlichen Zusammenkünfte Bericht gab.

———

Wie Sie sehen, verehrte Frau, bezeuge ich Ihnen hiermit den vollständigen Sieg des Judenthums auf allen Seiten; und wenn ich mich jetzt noch einmal laut darüber ausspreche, so geschieht dies wahrlich nicht in der Meinung, ich könnte der Vollständigkeit dieses Sieges noch in Etwas Abbruch thun. Da nun andrerseits meine Darstellung des Verlaufes dieser eigenthümlichen Culturangelegenheit des deutschen Geistes zu besagen scheint, dieses sei das Ergebniß der durch meinen früheren Artikel unter den Juden hervorgerufenen Agitation, so läge Ihnen vielleicht auch die neue verwunderungsvolle Frage darnach nicht fern, warum ich denn durch jene Herausforderung eben diese Agitation als Reaction hervorgerufen hätte?

Ich könnte mich hierfür damit entschuldigen, daß ich zu diesem Angriffe nicht durch Erwägung der „causa finalis", sondern einzig durch den Antrieb der „causa efficiens" (wie der Philosoph sich ausdrückt) bestimmt worden sei. Gewiß hatte ich schon bei der Abfassung und Veröffentlichung jenes Aufsatzes Nichts weniger im Sinne, als den Einfluß der Juden auf unsre Musik mit Aussicht auf Erfolg noch zu bekämpfen: die Gründe ihrer bisherigen Erfolge waren mir damals bereits so klar, daß es mir jetzt, nach über achtzehn Jahren, gewissermaßen zur Genugthuung dient, durch die Wiederveröffentlichung desselben dieses bezeugen zu können. Was ich damit bezwecken wollte, könnte ich daher nicht klar bezeichnen, dagegen nur eben mich darauf berufen, daß die Einsicht in den unvermeidlichen Verfall unsrer Musikzustände mir die innere Nöthigung zur Bezeichnung der Ursachen davon auferlegte. Vielleicht lag es aber doch auch meinem Gefühle nahe, eine hoffnungsreiche Annahme noch damit zu verbinden: dies enthüllt Ihnen die Schlußapostrophe des Aufsatzes, mit welcher ich mich an die Juden selbst wende.

Wie nämlich von humanen Freunden der Kirche eine heilsame Reform derselben durch Berufung an den unterdrückten niederen Klerus als möglich gedacht worden ist, so faßte auch ich die großen Begabungen des Herzens wie des Geistes in das Auge, die aus dem Kreise der jüdischen Societät mir selbst zu wahrer Erquickung entgegengekommen sind. Gewiß bin ich auch der Meinung, daß Alles, was das eigentliche deutsche Wesen von dorther bedrückt, in noch viel schrecklicherem Maße auf dem geist- und herzvollen Juden selbst lastet. Mich dünkt es, als ob ich damals Anzeichen davon wahrnahm, daß meine Anrufung Verständniß und tiefe Erregung hervorgerufen hatte. Ist Abhängigkeit in jeder Lage ein großes Uebel und Hinderniß der freien Entwickelung, so scheint die Abhängigkeit der Juden unter sich aber ein knechtisches Elend von alleräußerster Härte zu sein. Es mag dem geistreichen Juden, da man nun einmal nicht nur mit uns, sondern in uns zu leben sich entschlossen hat, von der aufgeklärteren Stammgenossenschaft Vieles gestattet und nachgesehen werden: die besten, so sehr erheiternden Judenanecdoten werden von ihnen uns erzählt; auch nach anderen Seiten hin, über uns, wie über sich, kennen wir sehr unbefangene, und somit jedenfalls erlaubt dünkende Auslassungen von ihnen. Aber einen vom Stamme Geächteten in Schutz zu nehmen, das muß jedenfalls den Juden als geradesweges todeswürdiges Verbrechen gelten. Mir sind hierüber rührende Erfahrungen zu Theil geworden. Um Ihnen aber diese Tyrannei selbst zu bezeichnen, diene ein Fall für viele. Ein offenbar sehr begabter, wirklich talent- und geistvoller Schriftsteller jüdischer Abkunft, welcher in das eigenthümlichste deutsche Volksleben wie eingewachsen erscheint, und mit dem ich längere Zeit auch über den Punkt des Judenthumes mannigfach verkehrte, lernte späterhin meine Dichtungen: „Der Ring des Nibelungen" und „Tristan und Isolde" kennen; er sprach sich darüber mit solch anerkennender Wärme und solch deutlichem Verständniß aus, daß die Aufforderung meiner Freunde, zu welchen er gesprochen hatte, wohl nahe lag, seine Ansicht über diese Gedichte, welche von unsren litterarischen Kreisen so auffallend ignorirt würden, auch öffentlich darzulegen. Dies war ihm unmöglich! —

Begreifen Sie, verehrte Frau, aus diesen Andeutungen, daß, wenn ich auch diesmal nur Ihrer Frage nach dem räthselhaften Grunde der mir widerfahrenden Verfolgungen, namentlich der Presse, antwortete, ich meiner Antwort dennoch vielleicht nicht diese, fast ermüdende, Ausdehnung gegeben haben würde, wenn nicht auch heute noch eine, allerdings fast kaum auszusprechende, im tiefsten Sinne mir liegende Hoffnung mich dabei angeregt hätte. Wollte ich dieser einen Ausdruck geben, so durfte ich sie vor Allem nicht auf eine fortgesetzte Verheimlichung meines Verhältnisses zu dem Judenthum begründet erscheinen lassen: diese Verheimlichung hat zu der Verwirrung beigetragen, in welcher sich heute fast jeder für mich theilnehmende Freund mit Ihnen befindet. Habe ich hierzu durch jenen früheren Pseudonym Anlaß, ja dem Feinde das strategische Mittel zu meiner Bekämpfung an die Hand gegeben, so mußte ich nun auch für meine Freunde Dasselbe enthüllen, was Jenen nur zu wohl bekannt war. Wenn ich annehme, daß nur diese Offenheit auch Freunde im feindlichen Lager, nicht sowohl mir zuführen, als zum eigenen Kampfe für ihre wahre Emancipation stärken könne, so ist es mir vielleicht zu verzeihen, wenn ein umfassender culturhistorischer Gedanke mir die Beschaffenheit einer Illusion verdeckt, welche unwillkürlich sich in mein Herz schmeichelt. Denn über Eines bin ich mir klar:

so wie der Einfluß, welchen die Juden auf unser geistiges Leben gewonnen haben, und wie er sich in der Ablenkung und Fälschung unsrer höchsten Culturtendenzen kundgiebt, nicht ein bloßer, etwa nur physiologischer Zufall ist, so muß er auch als unläugbar und entscheidend anerkannt werden. Ob der Verfall unsrer Cultur durch eine gewaltsame Auswerfung des zersetzenden fremden Elementes aufgehalten werden könne, vermag ich nicht zu beurtheilen, weil hierzu Kräfte gehören müßten, deren Vorhandensein mir unbekannt ist. Soll dagegen dieses Element uns in der Weise assimilirt werden, daß es mit uns gemeinschaftlich der höheren Ausbildung unsrer edleren menschlichen Anlagen zureife, so ist es ersichtlich, daß nicht die Verdeckung der Schwierigkeiten dieser Assimilation, sondern nur die offenste Aufdeckung derselben hierzu förderlich sein kann. Sollte von dem, unsrer neuesten Aesthetik nach, so harmlos annehmlichen Gebiete der Musik aus von mir eine ernste Anregung hierzu gegeben worden sein, so würde dies vielleicht meiner Ansicht über die bedeutende Bestimmung der Musik nicht ungünstig erscheinen; und jedenfalls würden Sie, hochverehrte Frau, hierin eine Entschuldigung dafür erkennen dürfen, daß ich Sie so lange von diesem anscheinend so abstrusen Thema unterhielt.

Tribschen bei Luzern, Neujahr 1869.

Richard Wagner.

Im unterzeichneten Verlage sind ferner erschienen und durch alle Buchhandlungen
zu beziehen:

Oper und Drama.

Von

Richard Wagner.

1. Theil: Die Oper und das Wesen der Musik. — 2. Theil: Das Schauspiel
und das Wesen der dramatischen Dichtkunst. — 3. Theil: Dichtkunst und Ton-
kunst im Drama der Zukunft.

Zweite Auflage.

Preis 2 Thlr.

Deutsche Kunst und Deutsche Politik.

Von

Richard Wagner.

Preis 15 Ngr.

Der Ring des Nibelungen.

Ein Bühnenfestspiel für drei Abende und einen Vorabend.

Von

Richard Wagner.

1. Abtheilung: Das Rheingold. — 2. Abtheilung: Die Walküre. —
3. Abtheilung: Siegfried. — 4. Abtheilung: Götterdämmerung.

Preis 2 Thlr.

„Zukunftsmusik.“

Brief an einen französischen Freund als Vorwort zu einer Prosa-
Aebersetzung seiner Operndichtungen.

Von

Richard Wagner.

Preis 10 Ngr.

Leipzig, J. J. Weber.

Druck von J. J. Weber in Leipzig.